Günter Fanghänel

Die Toten bei der Thomashütte

AF284997

Günter Fanghänel

Die Toten bei
DER
Thomashütte

Ein Eppertshausen – Krimi

Druck und Verlag Books on Demand • Norderstedt

Dieses Buch ist ein Roman. Handlung und
Personen sind frei erfunden.
Real ist die THOMASHÜTTE, ein beliebtes und
sehr empfehlenswertes Ausflugslokal an der Straße
zwischen Eppersthausen und Messel.
Die *alte Scheune* ist ebenso fiktiv wie alle Straßen-
und Firmennamen.

ISBN 9783754332412
Herstellung und Verlag: BoD – Books on Demand, Norderstedt
© 2021. Autor und Herausgeber: Dr. habil. Günter Fanghänel,
Eppertshausen.

1. Auflage 2021. Alle Rechte beim Autor und Herausgeber.
Preis: 9,80 €

1.

Sonntag, 12. September, nachmittags

Der kleine beschauliche hessische Ort Eppertshausen liegt inmitten des Dreieckes Aschaffenburg – Darmstadt – Frankfurt und ist von schönen Wäldern umgeben. Nur nach Süden öffnet sich der Blick über die Nachbargemeinde Münster bis zu den Hängen des Odenwaldes.

Die Geschichte von Eppertshausen ist wechselvoll. Bis 1799 hatten die Herren von Groschlag in Eppertshausen das Sagen. Ab 1806 gehörte Eppertshausen dann zum Großherzogtum Hessen-Darmstadt und damit nach 1945 zum Bundesland Hessen.

Bei der 1974 in Hessen vorgenommenen Gebietsreform, die im Norden die künstliche Stadt Rödermark hervorbrachte, im Westen viele Orte unter den Namen Dreieich vereinte und im Osten viele Dörfer nach Babenhausen eingemeindete, gelang es Eppertshausen, seine Selbständigkeit zu bewahren.

Dies sowie die gute geografische Lage zusammen mit einer recht guten Verkehrsanbindung über Schiene und Straße, vor allem aber die sehr kluge und vorausschauende Kommunalpolitik der vergangenen 20 Jahre waren ursächlich für die sehr positive Entwicklung des Ortes. Heute wohnen hier etwa 6.500 Frauen, Männer und Kinder. Viele der Erwerbstätigen pendeln täglich nach Darmstadt oder Frankfurt, vor allem aber auch zum nahegelegenen Flughafen Rhein-Main. Bis zur Mitte des vorigen Jahrhunderts war die Landwirtschaft eine der wichtigsten Erwerbsquellen für die Bevölkerung.

Im 19. Jahrhundert spielten auch die Lederwarenfabrikation und schon vorher Töpfereien und Ziegelhütten eine Rolle.

Eine von den Ziegeleien war die THOMAS-HÜTTE, die eine lange Geschichte hat.

Im Internet kann man lesen, was dazu der Eppertshäuser Heimatforscher WILHELM KÖRNER herausgefunden und beschrieben hat. Dort steht:

Die Thomashütte, die als Ausflugslokal bekannt ist und als Gutshof firmiert, hat ihren Ursprung in einer Ziegelhütte. Diese wurde vor mehr als 300 Jahren an der heutigen Kreisstraße zwischen Eppertshausen und Messel in der Waldlandschaft errichtet. Um 1698 war die Hütte im damals Groschlag'schen Oberwäldchen von einem gewissen Thomas Enners erbaut worden. In der Thomashütte, die damals noch nicht so bezeichnet wurde, wurden vor allem Mauer- und Dachziegel gebrannt, die teilweise noch in Eppertshausen und Umgebung vermutlich in alten Häusern stecken. Der Ton wurde aus Gruben im umliegenden Waldgebiet geholt. Einige Weiher in der Waldlandschaft erinnern noch heute an diese einstigen Tongruben Die Thomashütte war nach dem Tode von Thomas Enners im Jahre 1726 von dessen Tochter und deren Mann weitergeführt worden. Und dann wiederum von deren Nachkommen. Heimatforscher KÖRNER hat durch drei Jahrhunderte viele Besitzer und Betreiber aufgelistet und dabei auch als besonderes Ereignis einen Raubüberfall in der Nacht vom 10. auf den 11. November 1809 nicht unerwähnt gelassen. Dabei hatten ein gewisser Mathes Oesterlein und ein nur als „langer Samel" bezeichneter Kumpan einer Magd, die an der Thomashütte angestellt war, die gesamten Ersparnisse ihrer siebenjährigen Arbeitszeit geraubt. Das waren 93 Gulden und 28 Kreuzer, die sie in ihren „Sparstrumpf" gesteckt hatte. Was mit den Spitzbuben geschah, ist nicht notiert worden. Wohl aber, dass es um 1819 Weidevieh an der Hütte gab, Schweine und Rinder gehalten wurden und ein Hirte beschäftigt war. Das Gebiet gehörte bis 1818 zur Mark Babenhausen. Als die Mark damals aufgeteilt wurde, waren die Bewohner mit einem Federstrich Bürger von Babenhausen geworden. Es

dauerte zwei Jahrzehnte, bis sie Eppertshäuser wurden.

Dies verraten die historischen Aufzeich-
nungen. Aus diesen lässt sich auch her-
auslesen, dass ein Erwin Scharf damals
bereits eine „Zapfwirtschaft" eingeführt
hatte. Das war offensichtlich der Start in
die Gastronomie gewesen, die sich im
Laufe von zwei Jahrhunderten immer wei-
terentwickelte.

Dabei gab es Höhen und Tiefen in der Geschichte dieses beliebten Ausflugslokals.
Vor etwa zwei Jahren gab es folgende nega-
tive Schlagzeile:

*Vor Gericht musste sich jetzt der ehema-
lige Betreiber der Erlebnisgastronomie
Thomashütte in Eppertshausen wegen
Betrugs verantworten. Ihm droht nun der
Knast.*

Auf Nachfrage erläutert der Direktor des
Amtsgerichts Dieburg: „Der Angeklagte
wurde durch Urteil des Amtsgerichts Dieburg wegen Betruges in zwei Fällen zu einer Gesamtfreiheitsstrafe von acht Monaten ohne Bewährung verurteilt. Das Urteil
ist nicht rechtskräftig."

Der umtriebige Gastronom soll Leistungen in eigenem Namen beauftragt haben,
obwohl er zu diesem Zeitpunkt bereits
zahlungsunfähig gewesen sein soll, und

für die Leistungen, nachdem diese erbracht waren, nicht gezahlt haben.

Im vergangenen Jahr war aber dann positiv zu vernehmen:

Die Zukunft der Thomashütte ist gesichert: Der Gutshof wechselte Anfang 2020 den Besitzer.

JENS KLEINER und ILHAN ERDOGAN, die das Hotel Johannishof betreiben, haben die Gebäude und das drei Hektar große Areal erworben Auf dem Gutshof, dessen Geschichte bis ins Jahr 1698 zurückgeht, beginnt in Kürze also ein neues Kapitel. Kulinarisch möchte das Team auf „regionale, deutsche, hessische Küche" setzen, ergänzt um einen „Hauch Italienisch".

Dieses Vorhaben wurde aber jäh gestoppt durch die Corona-Krise. Der Lockdown hatte bekanntlich alle gastronomischen Einrichtungen hart getroffen und an die für Oktober 2020 geplante Eröffnung war nicht zu denken. Erst ein dreiviertel Jahr später konnte die THOMASHÜTTE wieder öffnen.

Nun, am letzten Sonntag im August herrschte reger Betrieb. An diesem schönen Spätsommertag waren fast alle Tische im Garten besetzt und die Kellner eilten geschäftig hin und her, um alle Gäste mit Getränken zu versorgen. Gebäck, Torte oder

Blechkuchen, konnte man sich drinnen am Buffet selbst aussuchen.

Es herrschte eine fröhliche Stimmung und lustige Sprüche wurden zwischen den einzelnen Tischrunden gewechselt. Viele Besucher kannten sich. Die Kinder, für die am Montag die Schule wieder begann, tollten umher.

Eine Gruppe von etwa acht Mädchen und Jungen im Alter von zehn, elf Jahren spielte Verstecken und jubelte laut, wenn der Letzte aufgespürt war.

An einem der Tische saßen Kriminalhauptkommissar Lutz Waski mit seiner Frau Steffi, seinen beiden Kindern und den Schwiegereltern, dem Ehepaar Brenner. Lieselotte, von Freunden nur Lilo genannt, und Werner Brenner waren, bevor sie in den Ruhestand gingen, bei der Lufthansa beschäftigt. Sie als Stewardess, er als Pilot. Werner Brenner, Jahrgang 1947, war in Eppertshausen geboren und groß geworden, seine Frau Lieselotte stammt aus dem Nachbarort Münster. In der Eppertshausener Straße *Am Kreuzfeld*, hatten sie ein sehr schönes Zweifamilienhaus gebaut und 1986 bezogen.

Vor zweieinhalb Jahren sind Steffi und Lutz Waski mir ihrem damals fast einjährigen Sohn Tobias von Gera nach Eppertshausen gezogen. Steffis Eltern hatten in ihrem Haus extra die erste Etage großzügig modernisiert.

Der Ortswechsel wurde möglich, weil Lutz die Stelle des Leiters der Abteilung Gewaltverbrechen im Kommissariat K 10 der Regionalen Kriminalinspektion (RKI) Darmstadt erhalten hatte und zum Kriminalhauptkommissar befördert worden war.

Noch während des Umzuges wurde ihm sein erster Fall übertragen, den er mit seinem neuen Team bravourös löste.[1]

Das junge Paar wurde in Eppertshausen rasch heimisch. Steffi war in diesem Ort groß geworden und hatte noch viele Freunde und Bekannte Im Kirchenchor *St. Valentin* war sie mit Freude dabei und hatte ein herzliches Verhältnis zur Leiterin Claudia Grün, die beruflich in der Kita, die Tobias besuchte, beschäftigt war.

Lutz war im Ort bekannt durch seine Mitgliedschaft im Skatverein *Reizende Buben*, vor allem aber natürlich durch seine berufliche Tätigkeit. Die Geschichte mit dem Zug der Dreieichbahn, der im vergangenen Jahr kurz vor Eppertshausen zum Stehen kam, weil der Triebwagenführer ermordet worden war, hatte natürlich alle im Ort beschäftigt.

---

[1] Siehe: Günter Fanghänel: Die Tote im Abteiwald. BoD 2019 ISBN 9783739249032

Mit großem Anteil wurde verfolgt, wie Kommissar Waski und sein Team den Fall gelöst haben.[2]

Es war dann so gegen 16:30 Uhr, als man allgemein zum Aufbruch rüstete. Die Eltern riefen ihre Kinder und auch Steffi holte Tobias aus dem nahegelegenen Sandkasten, wo er mit seiner Freundin aus der Kita eifrig Kuchen gebacken hatte. Die kleine Cosima, die am 24. Januar geboren wurde, war in ihrem Kinderwagen eingeschlafen. Lilo, die mit dem Auto gekommen war, meinte: „Ich denke, Steffi und die Kinder sollten mit mir im Auto nach Hause fahren. Den Fußweg vorhin, die drei Kilometer durch den Wald, habt ihr ja gut bewältigt und Tobias ist tapfer marschiert, aber jetzt fährt er sicher lieber im Auto heim. Wollt ihr", damit wandte sie sich an die beiden Männer, „auch mitfahren oder lieber laufen?"
Werner und Lutz entschieden sich für letzteres und wollten gerade aufbrechen, als Uwe Hausmann, der auch zum Skatverein gehört, ganz aufgeregt gelaufen kam und rief: „Lutz, du musst uns helfen. Unser Ben ist verschwunden. Wir alle suchen schon über eine halbe Stunde. Die Kinder haben Verstecken

---

[2] Siehe: Günter Fanghänel: Der Tote in der Dreieichbahn. BoD 2020 ISBN 9783751996174

gespielt. Alle waren weggerannt und Laura sollte suchen. Nach kurzer Zeit hatten sich auch alle wieder eingefunden, nur Ben blieb verschwunden. Nachdem ihn die Kinder nicht gefunden hatten, kamen sie zu uns. Wir, die Eltern, saßen dahinten am Tisch zusammen und haben uns sofort aufgemacht, nach dem Bengel zu suchen. Wir sind rings um die THOMASHÜTTE im Wald gewesen, haben laut gerufen, aber alles ohne Ergebnis. Wir wissen nicht weiter und die Frauen befürchten schon das Schlimmste. Kannst du nicht deine Kollegen alarmieren?"

„Komm", antwortete Lutz, „wir rufen jetzt erst einmal alle zusammen, ich muss mir persönlich einen Eindruck verschaffen, dann sehen wir weiter."

Er verabschiedete sich von Steffi, Lilo und den Kindern und ging gemeinsam mit Uwe zu den anderen Eltern und ihren Kindern, die ihm erwartungsvoll entgegensahen. Werner war mitgekommen, um bei der Suche zu helfen. Als die drei zu den Wartenden kamen, redeten alle gleichzeitig auf Lutz ein.

„Halt, so geht das nicht", entgegnete dieser. „Ich brauche einen Überblick und werde am besten fragen. Also wer gehört zu wem?"

Es stellte sich dann schnell heraus, dass folgende Personen versammelt waren:

Uwe und seine Frau Anne, die Eltern von Laura mit ihrer Tochter, zwei weitere Mädchen und deren Eltern sowie drei Jungen, davon einer mit beiden Eltern, die beiden anderen mit ihren Müttern.

In einem etwas größeren Abstand standen weitere Gäste, bereit sich an einer Suche nach Ben zu beteiligen.

Lutz nahm zunächst die Kinder beiseite und wollte wissen, wie sich ihr Verstecken abgespielt habe. Er erfuhr, dass man am Waldrand, wo der Weg von Eppertshausen auf das Gelände der THOMASHÜTTE trifft, gespielt habe. Ein Baum dort, eine gewaltige Buche, war das sogenannte *Mal*. Der Sucher musste mit verbundenen Augen bis zwanzig zählen und die anderen haben sich versteckt. Wer dann das *Mal* erreichte, ohne vom Sucher berührt zu werden, war *frei*.

Als dann Laura suchen musste, waren nach kurzer Zeit alle anderen entweder gefunden worden oder unentdeckt zum *Mal* gelangt. Nur Ben fehlte.

Man habe dann gemeinsam nach ihm gesucht und auch gerufen, ohne ihn zu finden. Da habe man dann die Eltern informiert. Über deren Aktivitäten hatte Uwe schon berichtet. Lutz erfuhr, dass man sich bei der Suche auf die nähere Umgebung des *Males* konzentriert habe. Er fragte, ob man die

Gebäude der THOMASHÜTTE einbezogen habe. Das war nicht der Fall.

Von Bens Mutter wollte er wissen, ob der Junge früher schon einmal ausgebüxt war und ob sie sich vorstellen könne, dass er allein nach Hause marschiert sei. Uwe und seine Frau verneinten ersteres ganz entschieden und meinten, sie können sich nicht vorstellen, dass Ben allein losgezogen ist, ihm müsse was passiert sein.

Lutz ließ sich dann eine Personenbeschreibung des Jungen geben. Sie lautete: Ben ist elf Jahre alt, etwa 1,45 m groß und schlank. Er hat relativ lange blonde Haare. Bekleidet ist er mit einer dunkelblauen Jeans, einem graugrünen T-Shirt mit einer Batman-Figur sowie mit grauen Turnschuhen.

Seine leichte Sommerjacke hatte Uwe Hausmann in der Hand.

Lutz bat Anne Hausmann, nach Hause zu fahren, um anwesend zu sein, falls Ben käme oder eine Nachricht einträfe. Er selbst oder Kollegen von ihm würden später vorbeikommen. Dann meinte er, dass die Frauen und Kinder ebenfalls nach Hause gehen sollten. Mit den Männern wolle er die weitere Suche organisieren. Bens Spielgefährten wollten allerdings weiter mit bei der Suche helfen, mussten sich aber angesichts der Tatsache, dass am nächsten Tag Schule war, der An-

15

ordnung fügen und traten mir ihren Müttern den Heimweg an.

Die sechs Väter und weitere Freiwillige verteilte Lutz dann auf drei Gruppen. Diese sollten, ausgehend von dem großen Baum, der den Kindern als Mal gedient hatte und der vom Garten der Thomashütte gut zu sehen war, den Wald in drei Richtungen durchsuchen. Seinen Schwiegervater, Uwe und noch zwei Männer bat er, sich in den zur Thomashütte gehörenden Gebäuden umzusehen. Es waren dies einige Garagen, die verschlossen schienen, sowie eine alte, ziemlich verfallene Scheune. Er selbst wollte sich mit seiner Dienststelle in Verbindung setzen und danach im Inneren der Wirtschaft nach Ben fragen. Die Angestellten hatten natürlich mitbekommen, dass man ein Kind suchte. Wenn es sich in der Küche oder im Gastraum versteckt hätte, wäre es längst gefunden worden.

Es war dann genau 17:27 Uhr als Lutz seine Dienststelle, die Regionale Kriminalinspektion (RKI) Darmstadt anrief. Er nannte seinen Namen und bat, mit dem Diensthabenden verbunden zu werden. An diesem Sonntag hatte Hauptkommissar Otmar Abel, Leiter des Kommissariats K 23 (Vermögens- und Fälschungsdelikte), Bereitschaft. Kommissar Waski schilderte die Situation um

16

den verschwundenen Ben Hausmann und gab dabei auch zu bedenken, dass es sich um eine Entführung handeln könne. Die Familie Hausmann gelte im Ort durchaus als wohlhabend. Sie hätten vor kurzem ein schmuckes Einfamilienhaus in Eppertshausen bezogen. Uwe sei Geschäftsführer und Anteilseigner eines mittelständigen Betriebes, der seinen Sitz im Gewerbepark 45 habe. Das Ganze könne Ganoven auf den Plan gerufen haben.

Sein Kollege versprach, sofort alle notwendigen Schritte in die Wege zu leiten.

2.

Sonntag, 12. September, 16:27 Uhr

Der Anruf von Lutz Waski hatte in der RKI Darmstadt große Betriebsamkeit ausgelöst. Bei einem vermissten und vielleicht sogar entführten Kind schrillten alle Alarmglocken.

Hauptkommissar Otmar Abel hatte sofort den Leiter des Kommissariats K 10, Kriminalrat Torsten Haase, informiert. Diesem unterstehen die Abteilungen *Gewaltverbrechen; Raubstraftaten; Brandursachenermittlung; Waffendelikte; Sexualverbrechen/ Kinderpornographie* sowie die *Vermisstenstelle*. Deren Leiterin, die 1. Hauptkommissarin Margot Leitner, wurde von ihrem Chef durch einen Anruf auf ihrem Handy jäh aus der Sonntagsruhe gerissen. „Hallo Margot", sagte dieser. „Es tut mir leid, aber wir haben einen vermissten, vielleicht entführten elfjährigen Jungen und ich bitte Sie, diesen Fall zu übernehmen. Das Kind ist in Eppertshausen verschwunden. Näheres erfahren Sie vom Kollegen Waski, der zufällig dort war und schon eine Suchaktion in die Wege geleitet hat.

Da wir auch mit einer Entführung rechnen müssen, werde ich mich gleich mit der KTU in Verbindung setzen. Ich denke, Daniel (gemeint war der Leiter der Kriminaltechnik, Hauptkommissar Daniel Goebel) wird einverstanden sein, dass sein IT-Spezialist, Hauptkommissar Stefan Ring, mit seinen Leuten die notwendigen Schritte, vor allem den Aufbau von Fangschaltungen in die Wege leitet. Dann sind wir gewappnet, falls die Entführer anrufen,

Margot, Sie fahren jetzt bitte zu dem Ausflugslokal THOMASHÜTTE bei Eppertshausen. Dort ist das Kind verschwunden. Kollege Waski wird auf Sie warten und Sie übernehmen die Leitung aller Aktionen. Ich werde auch gleich noch eine Hundertschaft der Bereitschaftspolizei sowie einen Hundeführer mit Spürhund anfordern. Die Leute könnten so gegen 19:00 Uhr vor Ort sein. Sonnenuntergang ist kurz vor 20:00 Uhr, da bleibt eine reichliche Stunde Zeit für eine Suche im Hellen.

Ich wünsche Euch viel Erfolg und bin natürlich jederzeit erreichbar."

Kurz nach 17:30 Uhr war Hauptkommissarin Leitner an der THOMASHÜTTE. Es herrschte ziemliches Durcheinander. Die ersten Suchtrupps kehrten zurück, von Ben Hausmann hatte man keine Spur gefunden.

Die Polizistin war mit Blaulicht gekommen und hatte kaum das Auto verlassen, als ein

etwa vierzig Jahre alter, mittelgroßer und recht gut gekleideter Mann rasch auf sie zukam: „Ich bin Uwe Hausmann, der Vater von Ben. Ich denke, Lutz hat Sie gerufen. Bitte helfen Sie, meinen Jungen zu finden."
Frau Leitner stellte sich vor und fragte: „Wo finde ich denn Lutz Waski?"
Hausmann antwortete: „Der ist vorhin nach dahinten zu dieser alten Scheune gerufen worden. Ich wollte mit, aber man sagte mir, dass Ben nicht dort sei."
Im gleichen Moment kam der Kommissar angelaufen: „Hallo Margot, ich habe Ihr Kommen gehört. Es gibt aber ein weiteres Problem. Bei der Suche nach dem Jungen sind mein Schwiegervater und drei Kameraden der Feuerwehr dort in der alten Scheune auf zwei tote Personen gestoßen, eine Frau und ein Mann.
Ich muss da gleich wieder hin, um zu sehen was da los ist. Bitte übernehmen Sie die Leitung im Fall Ben Hausmann. Eine erste Personenbeschreibung habe ich schon an die Zentrale gegeben. Hier ist das Handy von Ben, es steckte in seiner Jacke. Eine Handyortung scheidet also aus. Falls aber ein Spürhund zum Einsatz kommen soll, kann das Tier von der Jacke Witterung aufnehmen, allerdings dürften ziemlich viele Spu-

ren durch unsere bisherige Suche zerstört sein."

Margot Leitner sagte kurz: „okay", blickte dem davoneilenden Kollegen nach und wandte sich wieder Uwe Hausmann zu:

„Es wird gleich Verstärkung eintreffen. Eine Hundertschaft der Bereitschaftspolizei wird das Waldgebiet professionell durchkämmen. Ein Kollege mit einem Spürhund ist auch auf dem Weg.

Wichtig ist aber, dass wir auch an eine mögliche Entführung denken. Ist Ihnen im privaten oder geschäftlichen Alltag in der letzten Zeit irgendetwas Ungewöhnliches aufgefallen. Hat man Sie oder Ihre Frau bedroht? Gab es jemand, der sich schlecht behandelt gefühlt hat? Haben Sie vor kurzem Mitarbeitern gekündigt? Gab es Ärger mit Kunden oder Lieferanten? "

Uwe Hausmann verneinte alle diese Fragen und sagte, dass sowohl in seinem Betrieb als auch zuhause alles ganz normal gewesen sei.

Die Kommissarin erklärte dann, dass auch Spezialisten der KTU unterwegs sind, da man bereit sein muss, falls sich etwaige Entführer melden. Es gelte, die Gespräche aufzuzeichnen und sie möglichst zurück zum Ausgangspunkt zu verfolgen.

Noch während Kommissarin Leitner sprach, trafen kurz nacheinander Hauptkommissar

Stefan Ring und drei seiner Mitarbeiter sowie Polizeiobermeister Bernhard mit seiner Hündin Bella ein. Die Männer machten sich mit Uwe Hausmann bekannt.

Wenig später traf auch die Hundertschaft der Bereitschaftspolizei ein und deren Leiter kam auf die Gruppe um Kommissarin Leitner zu.

Alle gingen zu dem Baum, der im Mittelpunkt des Kinderspiels gestanden hatte. Die übrigen Personen, die bisher gesucht hatten, sowie weitere Leute standen in Gruppen abseits, diskutierten und schauten erwartungsvoll auf das weitere Geschehen.

An dem Baum, der als *Mal* beim Suchen gedient hatte, übernahm Hauptkommissarin Leitner das Kommando.

Zunächst forderte sie Uwe Hausmann auf, die Umstände des Verschwindens seines Sohnes zu schildern und zu sagen, was bisher unternommen worden war. Außerdem ließ sie ihn beschreiben wie Ben aussah und wie er bekleidet war. Mit diesem Wissen ausgerüstet begab sich der Leiter der Bereitschaftspolizeieinheit zu seinen Leuten, ließ diese absitzen und in den Wald ausschwärmen.

Die Kommissarin hatte inzwischen Bens Jacke an Polizeiobermeister Bernhard weitergereicht und diesen gebeten, mit seiner Bella die Suche aufzunehmen.

Danach sagte sie zum Vater des Gesuchten: „Herr Hausmann, hier können Sie nichts weiter unternehmen. Aber ich möchte Sie bitten, mit meinem Kommissar Stefan Ring und dessen Kollegen in ihr Haus zu fahren, damit die Telefonanschlüsse präpariert werden können. Natürlich müssen auch alle Handys von Ihnen und Ihrer Frau einbezogen werden. Wie sieht es mit den Anschlüssen in Ihrer Firma aus?"

Uwe Hausmann antwortete: „Am Wochenende ist alles auf unseren Privatanschluss geschaltet, aber wir können auf dem Weg nach Hause gern bei der Firma anhalten und ein Kollege kann sich dort umschauen. Es ist keiner da, der Alarm ist eingeschaltet und ein Wachdienst kontrolliert regelmäßig. Ich werde diesen informieren, dass ich einen Polizisten in unseren Betrieb einlassen werde."

Das wurde akzeptiert und die Männer gingen zum Auto der KTU. Da Uwes Frau mit dem PKW heimgefahren war, stieg dieser mit ein und dirigierte die Beamten zunächst zum Park 45, wo einer von ihnen mit Uwe in den Betrieb ging. Kurz darauf kam Hausmann zurück und man fuhr zu ihm nach Hause. Die Familie Hausmann, Uwe, seine Frau Lydia und Ben, bewohnten ein schmuckes Einfamilienhaus, welches an der Kreuzung *Klosterstraße*/Straße *Im Hochwald* lag.

Lydia Hausmann hatte das Kommen bemerkt und fragte ängstlich, ob es eine Spur von Ben gäbe. Die Männer mussten verneinen und nachdem alle ins Wohnzimmer gegangen waren, erklärte Kommissar Ring, dass man Maßnahmen treffen muss, um auf einen eventuellen Anruf von Entführern vorbereitet zu sein.

Bei der THOMASHÜTTE waren die Bereitschaftspolizisten inzwischen im Wald verschwunden, man hörte noch ihre gegenseitigen Rufe. Polizeiobermeister Bernhard stöberte mit seiner Hündin Bella durch die Gegend und Margot Leitner stand plötzlich allein an der großen Buche. Sie hatte entschieden, vorerst vor Ort zu bleiben. Alle wurden vergattert, ihr unverzüglich jegliches Vorkommnis zu melden. Dann dachte sie: „Ich muss doch mal sehen, was bei Lutz los ist", und ging Richtung Scheune.

3.

Hauptkommissar Lutz Waski war auf dem Weg von der abseits gelegenen alten Scheune zum Hauptgebäude der THOMASHÜTTE, als seine Kollegin Leitner auf ihn zukam. Das Gespräch, welches die beiden gerade beginnen wollten, wurde unmöglich durch den Lärm, den ein sehr tief fliegender Hubschrauber verursachte. Da klingelte das Handy der Kommissarin. Sie presste dies an das eine Ohr, hielt sich das andere zu und nahm die Nachricht entgegen.

Nachdem der Hubschrauber abgedreht hatte, wandte sie sich ihren Kollegen zu: „Lutz, man hat mir eben mitgeteilt, dass man die Suche aus der Luft mit einer Wärmebildkamera unterstützen und unmittelbaren Kontakt mit dem Leiter des Suchtrupps der Bereitschaftspolizei halten würde. Aber sagen Sie, was ist dahinten in der Scheune los?"

Kommissar Waski antwortete: „Die Scheune macht einen sehr verwahrlosten Eindruck und besteht in der Hauptsache aus einem großen Raum, in dem alte, schrottreife Landmaschinen und anderes Gerümpel herumstehen. Hinten in der Ecke gibt es aber einen kleinen separaten Raum, der vorn eine Tür und hinten ein ganz kleines Fenster hat.

Bei der Suche nach Ben hat Werner, das ist mein Schwiegervater, die Tür geöffnet und eine schreckliche Entdeckung gemacht. In dem Raum lagen auf einer großen Matratze zwei Menschen, eine Frau und ein Mann. Beide schienen tot zu sein. Er hat sofort die Tür wieder zu gemacht und die drei Kammeraden von der Feuerwehr, die mit ihm in der Scheune waren, gebeten, den Ort zu sichern. Dann hat er mich gerufen. Ich habe mir dann die zwei in der kleinen Kammer liegenden Personen angesehen und musste feststellen, dass beide tatsächlich tot waren. Die junge Frau war nackt, der Mann nur mit einer Unterhose bekleidet. In dem Raum gab es noch einen kleinen Tisch und zwei Stühle. Auf diesen lagen recht säuberlich zusammengelegt die Anziehsachen der beiden. Mehr konnte ich nicht tun. Hier müssen ein Gerichtsmediziner und die Spurensicherung ran. Ich habe sofort unseren Chef angerufen. Der wollte veranlassen, dass die SPUSI[3], ein Gerichtsmediziner sowie die Leute meiner Abteilung herkommen. Ich habe dann auch

---

[3] SPUSI ist die Abkürzung für den Bereich der KTU (Kriminaltechnische Untersuchungen), der auf die Suche und Sicherung von Spuren spezialisiert ist.

die Polizeidienststelle in Dieburg angerufen und gebeten, dass man uns zwei oder drei Streifenwagen schickt. Ich denke nämlich, wir sollten schleunigst versuchen, die Personalien aller heute Nachmittag hier Anwesenden festzustellen, damit sie befragt werden können, ob ihnen im Bereich der Scheune oder auch sonst irgendetwas aufgefallen ist. Was meinen Sie, Margot, sollten wir den Leuten sagen, dass in der Scheune zwei Tote liegen, oder dies noch für uns behalten?"

Kommissarin Leitner antwortete: „Einerseits könnte es für die weiteren Ermittlungen gut sein, wenn nur die Täter von den Toten wissen. Andererseits werden diese aber die Suchaktion nach Ben, die ihnen vielleicht einen Strich durch die Rechnung gemacht hat, mitbekommen haben und sich sagen, dass die Leichen schnell entdeckt wurden. Die Jungen von der Feuerwehr können wir natürlich zum Stillschweigen verpflichten, aber für die Unterstützung unserer Arbeit ist es wohl besser, wenn die Leute von dem Fund in der Scheune erfahren. Ich überlege übrigens die ganze Zeit, ob die Toten etwas mit dem Verschwinden von Ben zu tun haben könnten, sehe dafür aber derzeit keinen Anhaltspunkt."

Kommissar Waski entschied, dass man den grausigen Fund nicht geheim halten sollte.

Die beiden Polizisten gingen zu der Gruppe der Gäste, die eifrig das Verschwinden von Ben diskutierten. Hier waren auch die drei Angestellten der THOMASHÜTTE dabei, die am Nachmittag bedient hatten. Alle sahen den Kommissaren erwartungsvoll entgegen.

Lutz Waski nahm das Wort: „Meine Damen und Herren, liebe Freunde, ich möchte zunächst allen danken, die sich an der Suche nach Ben Hausmann beteiligt haben. Wie unschwer zu erkennen ist, wird die Suche mit großer Intensität fortgeführt. Wir können aber auch nicht ausschließen, dass Ben entführt wurde, obwohl es bisher dafür keinen Anhaltspunkt gibt. Aber bei der Suche nach dem Jungen wurden hinten in der alten Scheune zwei junge Leute gefunden, beide sind tot."
Nach dieser Mitteilung herrschte zunächst Grabesstille.
Nach einer Weile redete Lutz weiter: „Ob es einen Zusammenhang mit Bens Verschwinden gibt, ist noch völlig unklar. Ebenso wissen wir nicht, ob Selbstmord oder Tötung von fremder Hand vorliegen. Unsere Spezialisten sind unterwegs. Wir brauchen aber alle Informationen von eventuellen Zeugen und dazu möglichst die Namen von allen Personen, die sich heute Nachmittag hier aufge-

halten haben. Ich weiß, dass viele schon weg sind, aber mit Ihrer Hilfe können wir sicher eine Liste anlegen. Ich denke, wir sollten auf einen großen Bogen Papier die Anordnung der Tische aufzeichnen, diese nummerieren und überlegen, wer wo gesessen hat. Für jeden Tisch wird dann eine Liste mit Namen, Anschriften und möglichst Telefonnummern der einzelnen Personen angefertigt. Von Dieburg habe ich Kollegen angefordert, die diese Arbeit unterstützen und dann mit der Befragung jedes Einzelnen beginnen werden. Ich betone nochmals, dass jede Kleinigkeit wichtig sein kann, auch wenn sie noch so unbedeutend scheinen mag. Wir werden außerdem über den Rundfunk und die Hessenschau des HR-Fernsehens alle Personen, die heute hier waren, auffordern, sich zu melden."

Inzwischen waren auch zwei Streifenwagen der Polizeistation Dieburg eingetroffen und Polizeiobermeister Philip Martin sowie zwei Polizistinnen und ein weiterer Beamter meldeten sich bei Margot Leitner und Lutz Waski. Dieser sagte: „Hallo, Kollege Martin, da haben wir wieder einmal miteinander zu tun.[4] Diesmal geht es um einen verschwundenen Jungen und außerdem um zwei junge Leute hinten in der Scheune, die beide tot sind. Wir brauchen die Daten von möglichst allen Gästen, die heute hier sind bzw. waren und deren Aussagen. Kommissarin Leitner wird Ihnen erklären, wie wir vorgehen wollen." An diese gewandt sagte er dann: „Margot, ich denke, Sie können hier alles in die Wege leiten und vielleicht auch den Aufruf an die Presse vorbereiten? Den will sicher unser Chef vorher noch sehen, ich werde mich gleich mit ihm in Verbindung setzen und dann in der Scheune an die Arbeit gehen."

Kommissar Waski griff zum Handy, rief Kriminalrat Torsten Haase an und erstattete ausführlich Bericht.

Kommissarin Leitner wies die Dieburger Streifenpolizisten ein und formulierte dann folgende Pressemitteilung:

Die Polizei bittet um ihre Mithilfe.

Seit Sonntagnachmittag wird der elfjährige Ben H. aus Eppertshausen vermisst. Er ist etwa 1,45 m groß und schlank. Er hat relativ lange blonde Haare und ist mit einer

---

[4] Waski und Martin haben sowohl bei dem Fall der *Toten im Abteiwald* als auch im Fall des *Toten in der Dreieichbahn* zusammengearbeitet.

dunkelblauen Jeans, einem graugrünen T-Shirt mit Batman-Figur sowie grauen Turnschuhen bekleidet. Der Junge wurde zuletzt bei der THOMASHÜTTE in Eppertshausen gesehen. In diesem Zusammenhang bittet die Polizei alle Personen, die sich am heutigen Nachmittag in oder bei der THOMASHÜTTE aufgehalten haben und noch nicht von der Polizei kontaktiert wurden, sich bei der Vermisstenstelle der RKI Darmstadt oder einer anderen Polizeidienststelle zu melden.

Margot Leitner gab diesen Text an Kriminalrat Haase durch. Dieser war einverstanden und veranlasste, dass die Mitteilung, ergänzt durch die Telefonnummer der RKI, von der Pressestelle sofort an die entsprechenden Medien weitergeleitet wurde.

Etwa dreißig Minuten später war diese Mitteilung in allen Sendern des HR sowie bei FFH zu hören. Die 19:30 Uhr beginnende Hessenschau wollte diese Nachricht ebenfalls bringen.

Während die Arbeiten zum Aufstellen der Gästeliste in Gang kamen, meldete sich Polizeiobermeister Bernhard bei Kommissarin Leitner und erstattete Bericht.

Seine Hündin Bella habe an der Buche, wo sie mit der Suche begann, zunächst keine

Spur aufnehmen können. Das habe er erwartet, weil zu viele Leute sich dort inzwischen aufgehalten hatten. Er sei dann mit Bella in immer größeren Kreisen um den Baum gelaufen. Dabei habe die Hündin schließlich eine Fährte aufgenommen, die direkt zu der alten Scheune führte. In das Gebäude sei man aber nicht gegangen, weil zwei Feuerwehrleute dies mit Berufung auf Kommissar Waski verhindert hätten.

Kommissarin Leitner bedankte sich und sagte dann: „Kollege Bernhard, man hat in der Scheune zwei Tote gefunden, aber von Ben keine Spur. Wir warten auf das Eintreffen von SPUSI und Gerichtsmedizin.

Ihre Erkenntnis, dass sich Ben wahrscheinlich in der Scheune oder zumindest in deren Nähe aufgehalten hat, ist außerordentlich bedeutsam. Bitte gehen Sie gleich mit ihrer Bella wieder zur Scheune und berichten Kommissar Waski davon. Wenn dann die SPUSI da ist, wird Ihre Bella sicher wieder gebraucht."

4.

Sonntag, 12. September, 19:30 Uhr

Hauptkommissar Lutz Waski stand mit seinem Schwiegervater Werner Brenner vor der alten Scheune und wartete auf das Eintreffen seiner Kollegen. Die drei jungen Feuerwehrleute hatte er entlassen. Diese hatten vorher noch einen flüchtigen Blick auf die beiden Toten geworfen, dabei aber keinen von ihnen erkannt.

Inzwischen war auch Polizeiobermeister Bernhard eingetroffen und hatte berichtet, dass seine Bella eine Spur von Ben gefunden und bis hier zur Scheune verfolgt habe.

Mit ihren Handys hatten sich Waski und Leitner ausgetauscht und waren sich einig, dass das Verschwinden von Ben und der Leichenfund höchstwahrscheinlich doch zusammenhängen.

Die beiden Kommissare hatten ihr Gespräch gerade beendet, als fast gleichzeitig der Kombi der Spurensicherung und ein roter PKW Golf mit Hauptkommissarin Melanie Forstmann am Steuer ankamen und auf dem Parkplatz der THOMASHÜTTE, der sich fast bis zu der alten Scheune erstreckte, anhielten.

Dem Kombi entstiegen der Leiter der Kriminaltechnik im RKI Darmstadt, Hauptkommissar Daniel Goebel, sowie Oberkommissar Heinz Wohlfeld und ein weiterer Mitarbeiter der KTU.

Die drei gingen gemeinsam mit Melanie Forstmann auf Kommissar Waski zu und wollten wissen, wie die Lage sei.

„Hallo Melanie," begrüßte dieser seine Stellvertreterin und fuhr fort: „Hallo Kollegen, es tut mir leid, dass euer Sonntagabend versaut ist, aber wir haben zwei Tote und suchen nach einem vermissten Jungen."

Dann schilderte er, dass man den elfjährigen Ben Hausmann seit etwa 16:00Uhr intensiv suchen würde und dabei hier in der Scheune die Toten entdeckt habe. Er redete weiter:

„Ich habe mich nur kurz überzeugt, dass die beiden tot sind. Wir, also auch mein Schwiegervater und die drei jungen Feuerwehrleute, die in der Scheune nach Ben gesucht hatten, haben selbstverständlich nichts weiter angefasst. Auf den ersten Blick erkennt man bei der jungen Frau Würgemale am Hals und bei dem jungen Mann eine Wunde an der Stirn und eine am Hinterkopf. Aber da müssen wir natürlich auf die Gerichtsmedizin warten."

Kommissarin Forstmann antwortete: „Der rasende Heiko, wie Dr. Heiko Bruns scherzhaft genannt wird, weil er an einem Tatort oftmals mit seiner schnellen Honda auftaucht, ist unterwegs. Ich habe vorhin mit ihm gesprochen."

Während die Kommissarin sprach, gingen die Beamten in die Scheune. Werner Bremer hatte sich zuvor verabschiedet.

Nachdem alle durch das große Tor eingetreten waren, befanden sie sich in einem großen Raum, der mit alten Landmaschinen und anderem Gerät, alles ziemlich verrostet, vollgestellt war.

Zügig durchquerten die Beamten diesen Raum und gingen zu der kleinen abgetrennten Kammer hinten links.

Wie Kommissar Waski schon geschildert hatte, fanden sie die beiden Toten nebeneinander auf einer großen Matratze liegend. Ihre Anziehsachen lagen recht ordentlich auf zwei danebenstehenden Stühlen.

Das Mädchen lag auf dem Rücken, war nackt, und etwa 1,70 cm groß. Sie hatte eine zierliche, schlanke Figur, kleine, feste Brüste und lange schwarze Haare. Finger- und Zehennägel waren hellrot lackiert, die Schamhaare waren abrasiert, Tätowierungen waren nicht zu erkennen.

Der Junge war bis auf eine Turnhose ebenfalls unbekleidet. Er war deutlich größer, etwa 180 cm, hatte kurze blonde Haare und einen athletischen Körperbau.

„Wenn man die beiden so sieht", sagte Kommissarin Forstmann, „könnte man an Shakespeares Drama *Romeo und Julia* oder an Gottfried Kellers Novelle *Romeo und Julia auf dem Dorf* denken. Aber dass hier ein gemeinsamer Selbstmord vorliegt, möchte ich doch stark bezweifeln."

„Melanie, da mögen Sie recht haben", nahm Kommissar Goebel das Wort. „Die weitere Untersuchung wird sicher Klarheit bringen. Wir werden zunächst einmal hier alles fotografieren und per Video aufnehmen und mit der detaillierten Spurenaufnahme hier im Raum beginnen. Dann kann Dr. Bruns gleich die Toten untersuchen."

Kommissar Heinz Wohlfeld und sein Kollege hatten schon die entsprechende Ausrüstung aus dem Auto geholt und begannen mit der Arbeit.

Kommissar Waski, wandte sich an den Leiter der KTU: „Daniel, zwei Dinge sollten wir vordringlich in Angriff nehmen. Da ist zum einen Polizeimeister Bernhard mit seinem Suchhund, der eine Spur von dem vermissten Jungen bis hierher zu Scheune verfolgt hat, den ich aber noch nicht hereingelassen habe. Das sollte jetzt geschehen. Zum anderen möchte ich gern die Kleidung der beiden Toten untersuchen, ob sich Hinweise auf deren Identität finden."

„Gut," befand Daniel Goebel. „Ich gehe zu dem Hundeführer und wir werden sehen, wohin uns sein Tier führt, und Sie nehmen sich die Kleidung vor, wenn Heinz alle Bilder im Kasten hat."

Kommissar Goebel ging nach draußen, begrüßte Polizeiobermeister Bernhard und seine Hündin Bella. Diese nahm nochmals Witterung an der Jacke von Ben auf und strebte dann zügig zu einer kleinen Seitentür der Scheune. Diese war unverschlossen und führte in den großen Raum. Die Hündin lief dann zielgerichtet zu einem alten einachsigen Hänger, der mit platten Reifen gleich neben der Tür stand. Weiter wollte das Tier aber partout nicht gehen.

Daniel Goebel sah sich um und fand an der Deichsel des Hängers einige Stofffasern, die frisch zu sein schienen. Außerdem gab es Fußspuren von einem Kind und mehreren Erwachsenen, die auf einen Kampf hindeuten könnten. Er rief Hauptkommissarin Leitner an und bat sie, zu kommen.

Wenig später war seine Kollegin zur Stelle. „Ich denke mir folgendes Szenario", erklärte Daniel Goebel: „Ben Hausmann hat sich bei dem Spiel der Kinder hier hinter dem Anhänger versteckt. Dann wurde er gefunden, aber nicht von seinen Spielkameraden, sondern von Personen, die sich – aus welchen

Gründen auch immer – hier in der Scheune aufgehalten haben. Diese haben den Jungen mitgenommen. Wir müssen also von einer Entführung ausgehen, die vielleicht recht spontan erfolgte, was die Sache kompliziert machen dürfte."

„Wenn Sie recht haben, und davon gehe ich aus," antwortete Hautkommissarin Leitner, dann ist es wichtig, dass wir erfahren, welche Personen sich heute Nachmittag in und bei der THOMASHÜTTE aufgehalten haben. Diese müssen alle befragt werden, ob ihnen etwas aufgefallen ist, was uns weiterhelfen könnte. Ich werde jetzt gleich wieder nach vorn gehen, um zu sehen, wie weit die Kollegen sind. Dann will ich unverzüglich in die Dienststelle fahren, um das Verarbeiten der Hinweise zu organisieren, die aufgrund des in Funk und Fernsehen gesendeten Aufrufs sicher eingehen werden. Ich habe schon mit Kriminalrat Haase telefoniert, er wird dafür sorgen, dass weitere Kollegen zur Verfügung stehen, damit wir mit den Befragungen beginnen können."

Damit verabschiedete sich die Kommissarin und auch Obermeister Bernhard mit seiner Bella wurde entlassen, nicht ohne vorher den Dank für sich und seine Bella entgegengenommen zu haben.

Kommissar Goebel ging zu seinen Leuten und bedeutete diesen, dass der alte Hänger und alles um ihn herum ganz besonders unter die Lupe genommen werden müssen.

Kommissar Lutz Waski hatte inzwischen Latexhandschuhe angezogen und sich die Kleidung der beiden Toten vorgenommen. Die des Jungen bestand aus einem Turnhemd, einem leichten hellgrauen Leinenhemd, einer dunkelblauen Jeans sowie einem Paar Adidas-Turnschuhen, in denen die Strümpfe steckten. In der Hose fand er ein unbenutztes Taschentuch und ein Portemonnaie. Dieses enthielt drei Geldscheine (je einen Zwanzig-, Zehn- und Fünfeuroschein) sowie Kleingeld, aber keinerlei Papiere oder Karten, aus denen man auf den Besitzer hätte schließen können. Allerdings fand der Kommissar in der Brusttasche des Hemdes ein aufklappbares Handy, das aber ausgeschaltet und durch ein Passwort gesichert war.

Auf dem anderen Stuhl lag die Kleidung des Mädchens, nämlich ein Slip, ein BH, ein leichter fliederfarbener Pulli sowie eine hellblaue Jeans. Weiße Turnschuhe und kurze Söckchen befanden sich unter dem Stuhl. Als Lutz die Jeans anhob, kam eine kleine schwarze Handgelenktasche zum Vorschein. Diese enthielt einen Lippenstift, einen

Kamm, ein Deospray, ein angebrochenes Päckchen Kondome, ein Handy sowie eine Geldbörse. Hier wurde der Kommissar fündig. Neben einem Zwanzigeuroschein und ein paar Münzen fand er in einem Nebenfach eine ec-Karte der Sparkasse Dieburg und einen Personalausweis. Dieser war ausgestellt auf Ayla Abakay, geboren am 5. 9. 2003. Als Adresse war angegeben: 64839 Münster, Apfelgasse 7. Die ec-Karte gehörte auch der jungen Frau.

Inzwischen waren auch die beiden restlichen Mitarbeiter der Abteilung Gewaltverbrechen eingetroffen. Es waren dies Kriminalkommissarin Gisela Bernd und Kommissaranwärter Ralf Kleinert. Zusammen mit Kommissarin Forstmann standen alle bei Lutz Waski. Dieser sagte: „Schön, dass unsere Abteilung vollständig hier ist und wir werden wohl wieder als MUK[5] fungieren müssen. Ich habe eben die Handys der beiden Toten sowie den Ausweis der jungen Frau gefunden, wir kennen also ihre Identität. Leider wissen wir aber noch nicht, wer der junge Mann ist. Sein Handy wird uns hier sicher weiterhelfen. Beide Geräte sind aber ausgeschaltet und passwortgeschützt. Ich habe sie Kommissar Goebel übergeben. Bis

---

[5] MUK steht für *Morduntersuchungskommission*

die Auswertungen vorliegen, wird es sicher noch etwas dauern. Die Provider tun sich meist schwer mit der Herausgabe von Daten. Folgendes ist jetzt zu tun: Melanie und ich werden zu der im Ausweis stehenden Adresse fahren, sobald Dr. Bruns uns erste Angaben zu den Todesursachen der beiden gegeben hat. Sie, Gisela und Ralf, gehen bitte nach vorn und helfen beim Aufstellen der Anwesenheitsliste und beginnen eventuell auch schon mit den Befragungen. Morgen um 8:00 Uhr treffen wir uns alle zur Lagebesprechung im Präsidium."

Inzwischen war auch Dr. Heiko Bruns eingetroffen, tatsächlich war er mit seinem Motorrad gekommen. Der Gerichtsmediziner war mit seiner athletischen Figur, die durch die lederne Motorradkluft besonders zur Geltung kam, eine attraktive Erscheinung. Man würde ihn deutlich jünger schätzen als 44, sein tatsächliches Alter.

Dr. Bruns nahm den Sturzhelm ab, schnallte seinen Gerätekoffer vom Motorrad und kam auf Kommissar Waski und Kommissarin Forstmann zu. „Hallo, ihr beiden Hübschen. Könnt ihr euch denn für eure Mordfälle nicht mal einen anderen Wochentag aussuchen?

Jedes Mal, wenn ihr mich nach Eppertshausen ruft, ist Sonntag[6] und immer einer, an dem ich Bereitschaft habe."

„Wenn wir uns aussuchen könnten, zu welchen Zeitpunkten wir Ihrer Hilfe bräuchten, würden wir uns wohl überhaupt nicht sehen", entgegnete Lutz Waski.

„Da haben Sie natürlich recht", lachte Dr. Bruns. „Nun wollen wir uns aber unsere *Julia* und ihren *Romeo* einmal ansehen."

Damit gingen die drei in die kleine Kammer und Dr. Bruns begann mit der Untersuchung der Toten.

Es dauerte dann nicht sehr lange und er konnte mit ersten Ergebnissen aufwarten. Er sagte: „Die junge Frau ist von hinten gewürgt worden. Dabei muss sie gestanden haben. Dass dies aber die Todesursache ist, halte ich aufgrund der relativ schwachen Würgemale für unwahrscheinlich. Andere äußere Verletzungen konnte ich nicht feststellen. Ich vermute, dass der Tod durch akutes Herzversagen eingetreten ist, sicher ausgelöst durch den Angriff. Anzeichen für irgendwelche Abwehrhandlungen waren nicht zu erkennen. Näheres wie üblich nach der

---

[6] Die *Tote im Abteilwald* wurde an einem Sonntag gefunden und auch der *Tote in der Dreieichbahn* ist an einem Sonntag gestorben.

Obduktion. Die junge Frau wurde jedenfalls erst nach ihrem Tod in die jetzige Lage gebracht. Das gleiche gilt für den jungen Mann. Die starken Wunden an Stirn und Hinterkopf sind unübersehbar. Erstere könnte von einem heftigen Schlag mit einem Werkzeug, z.B. einem Hammer, herrühren, letztere von einem Schlag mit einem spitzen Gegenstand oder von einem Sturz gegen ein scharfkantiges Teil. Diese Kopfverletzungen dürften zum Tod geführt haben. Aber diese sind ihm keinesfalls in der kleinen Kammer zugefügt worden. Die SPUSI sollte nebenan gründlich nach Spuren eines eventuellen Kampfes suchen und auch scharfkantige Gegenstände und Geräte daraufhin untersuchen, ob sich Haare oder Blutreste des Toten daran finden lassen. An dem Toten sind auch Abwehrverletzungen und Gewebereste unter den Fingernägeln zu erkennen. Er dürfte sich erheblich gewehrt haben. Aber sie kennen ja meinen Spruch: Genaueres erst nach der Obduktion

Zum Todeszeitpunkt kann ich sagen, dass er in beiden Fällen nicht länger als drei Stunden zurückliegen dürfte, eher weniger. Aber auch hier gilt: Genaueres nach der Obduktion."

Dr. Heiko Bruns meinte dann, dass er morgen am Vormittag damit beginnen könne.

Den genauen Zeitpunkt wollte er telefonisch mitteilen. Sicherlich würde jemand vom RKI sowie von der Staatsanwaltschaft teilnehmen wollen

Damit verabschiedete er sich von den Beamten der SPUSI, die eifrig am Arbeiten waren, sowie von Melanie Forstmann und Lutz Waski. Die beiden gingen zu Melanies Auto, um nach Münster zu fahren. „Also Melanie", sagte Lutz, „ich könnte mir etwas Schöneres denken, als am Sonntagabend eine Todesnachricht überbringen zu müssen. Aber, was soll`s, das gehört nun einmal auch zu unserem Job."

Seine Kollegin nickte stumm und starte ihren Golf.

5.

Hauptkommissar Lutz Waski hatte während Melanie fuhr sein Handy genommen und bei GOOGLE den Namen *Abakay* und als Ort Münster/Hessen eingegeben. Er fand die Webseite einer Gebäudereinigungsfirma Abakay mit der Adresse *Apfelgasse 7*. Diese Straße lag, wie das Navi zeigte, am südöstlichen Rand von Münster.

Es war dann ziemlich genau 20:30 Uhr, als die beiden Kommissare ihr Ziel erreichten. Sie standen vor einem recht stattlichen Zweifamilienhaus mit einem gepflegten Vorgarten. Rechts war ein mit einem Stahlgitterzaun abgeschlossener Hof, an dessen Hinterfront ein eingeschossiges Gebäude mit drei zweiflügligen Türen zu sehen war. Das breite Tor zum Hof war verschlossen, links davon war aber eine kleine Tür, neben der ein Briefkasten und eine Klingel angebracht waren. Auf dem Namensschild stand *Gebäudereinigung Abakay*.

Lutz Waski klingelte. Ein Summer ertönte, die Tür ließ sich öffnen und aus dem Wohnhaus kam ein Mann die drei Stufen zum Hof herunter und ging auf die Beamten zu. Er war etwa 50 Jahre alt, ca. 1,78 m groß, hatte dunkelbraune Augen, schwarze volle Haare und einen ebenfalls schwarzen Vollbart. Er fragte: „Was wünschen Sie?"

Die Antwort lautete: „Wir sind Kriminalbeamte, ich bin Hauptkommissar Waski und meine Kollegin ist Hauptkommissarin Forstmann." Lutz zeigte seinen Dienstausweis und redete weiter: „Wir möchten die Eltern von Ayla Abakay sprechen."

„Was ist mit meiner Tochter?", wollte der Mann wissen. „Ich bin Affan Abakay und meine Frau Nayla ist drinnen. Aber was ist mit Ayla?"

„Können wir das bitte im Haus besprechen?", übernahm Melanie Forstmann das Gespräch, „wir haben nämlich schlechte Nachrichten."

Die drei gingen ins Wohnzimmer. Eine zierliche Frau, die vor dem Fernseher gesessen hatte, in dem ein Programm in türkischer Sprache lief, stand sofort auf und verschwand im Nebenzimmer.

„Entschuldigen Sie bitte meine Frau", sagte Herr Abakay, „aber sie spricht nicht gut deutsch und hat Angst vor Fremden."

„Bitte holen Sie sie", verlangte Kommissar Waski.

Nach wenigen Augenblicken kam das Ehepaar Abakay zurück ins Zimmer. Er hatte sich zu seinem Holzfällerhemd ein graues Jackett übergezogen, sie hatte ein langes

Kleid an, das auch die Arme bedeckte, und trug außerdem ein buntes Kopftuch.

Erwartungsvoll schaute das Ehepaar Abakay die Kriminalisten an.

Kommissar Waski begann: „Wir müssen Ihnen leider mitteilen, dass wir Ihre Tochter Ayla heute Nachmittag bei der THOMAS-HÜTTE tot aufgefunden haben – unser aufrichtiges Beileid."

„Das kann nicht sein", entgegnete Herr Abakay. „Ayla ist bei ihrer Freundin, die beiden Mädchen wollten lernen, morgen müssen sie eine Mathearbeit schreiben. Sie verwechseln sicher unsere Tochter mit einem anderen Mädchen."

Kommissarin Forstmann ergriff das Wort: „Bei der toten Frau haben wir den Personalausweis Ihrer Tochter gefunden, aber ich habe hier auch ein Bild, das vor einer Stunde aufgenommen wurde. Schauen Sie bitte einmal." Damit hielt sie dem Ehepaar ihr Smartphon mit einer Porträtaufnahme der toten Ayla hin.

Beide Eltern starrten auf das Bild. Die Mutter brach in Tränen aus und schluchzte: „Ja, das ist unsere Ayla." Dann schlug sie die Hände vor ihr Gesicht und rannte, von Weinkrämpfen geschüttelt, aus dem Raum.

Der Vater war deutlich gefasster und fragte: „Wie kommt Ayla zur THOMASHÜTTE?

Wieso ist sie tot? Was ist passiert? Hatte sie einen Unfall?"

Kommissar Waski antwortete: „Das alles wissen wir noch nicht. Wir müssen aber davon ausgehen, dass Ayla keines natürlichen Todes gestorben ist. Deshalb möchten wir möglichst detailliert wissen, wie ihr Leben normalerweise verlaufen ist. Gibt es Geschwister? Kennen Sie außer der Freundin, die sie erwähnt haben und die wir selbstverständlich auch befragen müssen, weitere Personen, mit denen Ayla engeren Kontakt hatte?"

Im Verlauf des Gespräches erfuhren die Kriminalisten folgendes:

Affan Abakay wurde 1974 in Frankfurt geboren. Sein Vater Amir war 1963 auf der Basis des Anwerbeabkommens zwischen der Bundesrepublik Deutschland und der Türkei als sogenannter Gastarbeiter nach Deutschland gekommen. Er hatte als Gebäudereiniger in Frankfurt gearbeitet und 1966 seine Frau nachgeholt. Während Amir Abakay schnell deutsch lernte, verstand seine Frau zwar die wichtigsten Worte, lernte die Sprache aber bis zu ihrem Tod nicht. Die Abakays waren strenggläubige Moslems und verkehrten nahezu ausschließlich in der türkischen Gemeinde.

Ihr einziger Sohn Affan absolvierte Grund-
und Realschule in Frankfurt und schloss
1996 eine Lehre als Gebäudereiniger ab und
begann seine Tätigkeit in der Firma, die sein
Vater inzwischen aufgebaut hatte. Seine
Frau Nayla hatte er bei einem Urlaub in der
Türkei kennenglernt. 2000 heirateten die
beiden und zogen nach Münster. Im gleichen
Jahr wurde ihr Sohn Eren und drei Jahre
später dessen Schwester Ayla geboren.
Affan Abakay fuhr fort: „2001 musste ich
die Firma übernehmen, weil meine Eltern
bei einem Autounfall während eines Urlaubs
in der Türkei ums Leben gekommen waren.
Der Anfang war schwer, aber inzwischen
läuft es sehr gut. Wir beschäftigen 18 Mitarbeiter, alles Landsleute. Durch unseren
Glauben sind wir eine eng verbundene Gemeinschaft. Aber bitte verstehen Sie mich
nicht falsch. Wir sind zwar streng gläubig
und versuchen nach Allahs Gesetz zu leben,
aber das Tun der sogenannten Islamisten
verabscheuen wir zutiefst. Insbesondere ver-
urteilen wir Selbstmordanschläge. Diese wi-
dersprechen der 4. Sure unseres Korans. Wir
sind Bürger der Bundesrepublik Deutschland, ich und meine Kinder durch Geburt,
meine Frau durch Heirat. Wir sind stolz, dass
unser Grundgesetz im Artikel 4 die Religi-
onsfreiheit garantiert. In diesem Sinne haben

wir auch unsere Kinder erzogen. Deshalb kann ich mir nicht erklären, wie Ayla zur THOMASHÜTTE gelangt ist, ohne uns etwas davon zu sagen."

„Wir haben sie aber dort gefunden", wandte Kommissarin Forstmann ein, „und zwar mit einem jungen Mann in einer ziemlich eindeutigen Situation."

„Das kann nicht sein", entgegnete ziemlich aufgebracht Affan Abakay. „Wir haben Ayla streng in unserem Glauben erzogen, sie kann keinen Freund haben. Es ist bestimmt, dass sie nach dem Abitur hier in der Firma anfängt und ihren Großcousin, der in Frankfurt lebt, heiratet. Engere Beziehungen zu anderen Männern sind ihr strikt verboten. Ihr Bruder hat da auch ein wachsames Auge darauf."

Kommissarin Forstmann kam nicht umhin zu sagen: „Herr Abakay, Sie haben vorhin unser Grundgesetz erwähnt. Dort heißt es im Artikel 3: *Männer und Frauen sind gleichberechtigt*. Wie verträgt sich das mir Ihrer Einstellung zu Ihrer Frau und Tochter?"

Die Antwort machten beide Kommissare sehr nachdenklich. Affan Abakay sagte: „Natürlich achten wir die deutschen Gesetze, aber wir leben auch unsere althergebrachte Familientradition. Wenn Ayla voreheliche Beziehungen zu einem Jungen hätte" (er sprach immer noch in der Gegenwartsform von seiner Tochter) „wäre dies eine große Schande und wir würden sie verstoßen."

Lutz Waski schaltete sich ein: „Sieht Ihr Sohn das Ganze auch so? Wo ist er? Wir würden ihn auch gern sprechen."

Er erhielt zur Antwort: „Natürlich ist Eren auch meiner Meinung. Er würde niemals zulassen, dass seine Schwester entehrt wird. Eren arbeitet bei mir in der Firma und hat eine eigene kleine Wohnung drüben über den Garagen. Zurzeit ist er aber mit dem Motorrad unterwegs, zusammen mit zwei Freunden. Sie wollten in den Odenwald. Er ist noch nicht zurück, sonst würde seine Maschine auf dem Hof stehen."

Die Kriminalisten erfuhren dann, dass Ayla das Friedrich-Schiller-Gymnasium in Dieburg besuchte und dort gerade die zwölfte Klasse begonnen hatte. Sie habe aktiv Handball bei der SV Münster gespielt und außer ihrer Freundin konnten die Eltern keine weiteren Bezugspersonen nennen. Name und Adresse der Freundin waren: Anja Reichert, Geraer-Str. 7 in Dieburg.

Melanie Forstmann hatte noch unter vier Augen mit der Mutter gesprochen, aber auch diese wusste nichts von einem Freund.

Beide Kommissare hatten dann noch darum gebeten, sich in Aylas Zimmer umsehen zu dürfen, aber nichts von Bedeutung gefunden, insbesondere kein Tagebuch oder etwas Ähnliches. Die Eltern waren einverstanden, dass der Laptop ihrer Tochter mitgenommen wurde.

Kommissar Waski übergab seine Visitenkarte und verlangte, man solle Eren übermitteln, dass er sich morgen um 10:00 Uhr bei ihm in der RKI Darmstadt einzufinden habe.

Auf die Frage von Affan Abakay, wann er und seine Frau ihre Tochter nochmals sehen können, erklärte der Kommissar, dass dies am kommenden Tag sicher möglich sei, ein Familienmitglied müsse sowieso nach Frankfurt zur Gerichtsmedizin kommen, um Ayla zu identifizieren. Bezüglich der Uhrzeit würde man noch Bescheid geben.

Die Kriminalisten verabschiedeten sich, wobei Aylas Vater sagte: „Bitte finden Sie schnell denjenigen, der unsere Tochter auf dem Gewissen hat. Auch wäre es schön, wenn wir das Kind möglichst rasch beerdigen könnten. Das verlangt unser Glauben."

Waski versprach, sein Möglichstes zu tun.

Dann fuhren die Polizisten davon und ließen ein trauerndes, verzweifeltes Ehepaar zurück.

6.

Sonntag, 12. September, 23:00 Uhr

Die Hausnummer 7 in der Geraer-Straße von
Dieburg gehört einem zweistöckigen Wohnhaus, das einen recht gepflegten Eindruck
machte.
Hauptkommissar Lutz Waski und seine Kollegin standen vor der Haustür und studierten
die Klingelschilder. Sie fanden sechs Namen
in zwei Spalten. In der rechten stand der
Name *Reichert* in der Mitte.
Lutz klingelte und über die Sprechanlage
fragte eine männliche Stimme nach dem
Begehr.
Lutz antwortete: „Ich bin Hauptkommissar
Waski von der Kriminalpolizei in Darm-
stadt. Bitte entschuldigen Sie die späte Stö-
rung, aber wir, meine Kollegin Forstmann
und ich, müssen ganz dringend mit Anja
Reichert sprechen. Es geht um ihre Freundin
Ayla, die wir tot aufgefunden haben."
„Das ist ja entsetzlich", antwortete der
Mann. „Kommen Sie herein, wir wohnen in
der ersten Etage rechts."
Der Türöffner ertönte, die Polizisten betra-
ten das Haus und stiegen die Treppe hoch.
Vor seiner Wohnungstür stand ein großer,
kräftiger Mann, bekleidet mit einem grauen
Jogginganzug und Hausschuhen und sagte:

„Ich bin der Vater von Anja, bitte kommen Sie herein."

Kommissar Waski zeigte seinen Dienstausweis und gemeinsam mit seiner Kollegin folgten sie Anjas Vater in ein geräumiges, geschmackvoll eingerichtetes Wohnzimmer. Im Fernseher lief ein Krimi, aber Herr Reichert schaltete diesen umgehend aus und bat seine Gäste, in der Sitzecke Platz zu nehmen. Er sagte: „Meine Frau schläft wohl schon und Anja ist in ihrem Zimmer. Ich werde sie gleich holen. Kann ich vorher erfahren, was genau passiert ist?"

Lutz Waski antwortete: „Vor wenigen Stunden wurden Ayla Abakay und ein junger Mann, von dem wir noch nicht wissen, wer er ist, tot aufgefunden. Sie lagen bei der THOMASHÜTTE, dem Ausflugslokal an der Straße von Eppertshausen nach Messel. Wir kommen eben von Aylas Eltern und diese waren fest der Meinung, dass ihre Tochter hier bei ihrer Freundin sei. Deshalb müssen wir mit Anja reden."

Noch während Lutz sprach, war Frau Reichert im Türrahmen erschienen. Sie hatte sich einen Morgenmantel übergezogen und obwohl zu merken war, dass sie direkt aus dem Bett kam und nicht zurecht gemacht war, sah man eine attraktive, selbstbewusst wirkende Frau. Sie wollte wissen, was passiert sei. Als sie erfuhr, dass Alya tot ist, sagte sie: „Das ist ja schrecklich. Warten sie, ich hole Anja."

Anjas Vater erklärte: „Natürlich kennen wir Ayla. Sie ist – also sie war – ein nettes Mädchen und sehr oft bei uns. Zuhause hatte sie es nicht leicht, ihre Eltern, waren sehr streng mit ihr. Ihr Vater, die Mutter hatte anscheinend nichts zu sagen, wollte anscheinend das Leben seiner Tochter genau bestimmen. Ayla war froh, dass sie vor genau einer Woche achtzehn geworden war. Sie trug sich wohl mit den Gedanken, aus dem Elternhaus auszuziehen, aber Anja weiß das sicher genauer."

In diesem Moment kamen die beiden Frauen zurück. Anja Reichert war ein hübsches, zierliches Mädchen mit einem langen blonden Pferdeschwanz. Sie hatte noch nicht geschlafen, sondern für die Schule gelernt.

„Was hat Mama gesagt, Ayla soll tot sein?" fragte sie. „Das kann ich nicht glauben, sie war doch kein bisschen krank."

„Sie ist auch nicht an einer Krankheit gestorben und hatte auch keinen Unfall", antwortete Melanie. „Wir müssen davon ausgehen, dass Ayla umgebracht wurde. Wir haben sie in einer Scheune bei der THOMASHÜTTE gefunden. Sie war nackt und neben ihr lag ein toter junger Mann, der auch kaum etwas anhatte. Können Sie uns sagen, wer dieser junge Mann sein könnte?"

„Das kann nur ihr Freund Jakob sein. Er geht bei uns in die Dreizehnte und wird nächste Woche neunzehn. Die beiden gingen fest zusammen. Aber Aylas Eltern durften das auf keinen Fall erfahren."

Kommissar Waski unterbrach: „Ich habe hier auf meinem Smartphon ein Bild. Ist das Jakob?" Anja schaute drauf, nickte und sagte: Ja, das ist Jakob."

Waski fragte: „Können Sie uns bitte den vollständigen Namen und die Adresse von Jakob geben?"

„Natürlich," lautete die Antwort. „Jakob heißt mit Nachnamen Weinert und wohnt bei seinen Eltern hier ein paar Häuser weiter in der Dreiundzwanzig. Seine Eltern sind erzkatholisch und Jakob muss sich das Zimmer mit seinem jüngeren Bruder, der geht in die Zehnte, teilen. Mädchen darf er nicht mit nach Hause bringen."

Lutz bedankte sich und entschied: „Ich gehe jetzt, bevor es noch später wird, zur Familie Weinert. Anja, Sie erzählen bitte meiner Kollegin alles, was sie über Ayla wissen. Vor allem über ihre Beziehung zu Jakob, aber auch über den sonstigen Umgang. Wir müssen uns ein möglichst vollständiges Bild machen können."

An seine Kollegin gewandt sagte Lutz Waski: „Melanie, ich werde jetzt die traurige Nachricht überbringen und dann mit einem Taxi heimfahren oder mich abholen lassen. Wenn Sie hier fertig sind, fahren Sie nach Hause. Morgen um 8:00 Uhr ist Dienstbesprechung, da können wir alle Informationen austauschen und die nächsten Schritte festlegen."

Damit verabschiedete sich der Kommissar und Melanie ging mit Anja in deren Zimmer.

Der Aufenthalt bei der Familie Reichert hatte eine gute halbe Stunde gedauert und so war es etwa Viertel vor zwölf, als Kommissar Waski vor dem zweigeschossigen Mietshaus in der Geraer-Straße 23 stand. Wie das Klingelbrett zeigte, gab es sieben Wohnungen im Haus. Die Familie Weinert wohnte wohl in der obersten Etage. Lutz klingelte mehrfach, aber es regte sich nichts.

Mit seinem Handy rief er seine Dienststelle an und bat, ihm die Festnetznummer der Familie Weinert herauszusuchen. Dann erstattete er Kriminalrat Haase, der noch in seinem Büro war, einen ersten Bericht und erfuhr, dass der vermisste Ben Hausmann noch nicht gefunden wurde und sich auch kein Entführer gemeldet habe.

Inzwischen hatte man Lutz auch die Telefonnummer der Weinerts mitgeteilt. Lutz rief an, ließ es lange klingeln – aber es meldete sich niemand.

Er hatte sich gerade ein Taxi bestellt, als die Haustür aufging und ein älterer Mann mit seinem Hund herauskam.

Kommissar Waski ging auf ihn zu, stellte sich vor und sagte: Ich muss dringend ein Mitglied der Familie Weinert sprechen, wissen Sie, wo ich da jemand finden kann?"

Die Antwort war ernüchternd: „Da werden Sie wohl kein Glück haben. Weinerts sind gestern kurzfristig zur Schwester von ihm nach Weinheim gefahren und werden sicher erst morgen früh zurückkommen. Der Kleine ist mit und der Große wird sich sicher wieder irgendwo herumtreiben, der ist selten zuhause."

Lutz Waski bedankte sich und musste nicht lange auf sein Taxi warten, das ihn zügig nach Eppertshausen brachte.

7.

Lutz Waski stieg vor seinem Haus in Eppertshausen aus den Taxis und sah, dass bei seinen Schwiegereltern noch Licht brannte.

Er schloss die Haustür auf und rief vom Flur ins Wohnzimmer: „Hallo, ich komme gleich, muss vorher aber noch dringend auf die Toilette". Damit verschwand er im gleich neben der Eingangstür zu findenden Gäste-WC.

Wenig später kam Lutz ins Wohnzimmer und begrüßte seine ihn erwartungsvoll ansehende Frau mit einem Kuss und seine Schwiegereltern mit Handschlag und meinte: „Ihr seid ja alle noch auf den Beinen, ich hatte doch angerufen, dass es bei mir sehr spät werden würde."

„Wir konnten keine Ruhe finden, die Sache mit Ben beschäftigt uns zu sehr", antwortete Werner Brenner „Habt ihr den Jungen gefunden?", stellte Steffi die alle beschäftigende Frage.

„Leider nein", musste ihr Mann antworten.

Dann schilderte er die aufwändige Suche nach dem vermissten Kind und ließ nicht unerwähnt, dass der Junge wahrscheinlich aus der Scheune, in der er sich versteckt hatte, entführt wurde. „Ein Zusammenhang mit den beiden toten jungen Leuten, die Werner

als erster gefunden hatte, kann nicht ausgeschlossen werden", setzte Lutz seine Rede
fort. „Eine erste Untersuchung hat ergeben,
dass eine natürliche Todesursache oder gemeinsamer Selbstmord mit Sicherheit auszuschließen sind. Wir kennen aber inzwischen
die Namen der beiden und auch den von der
Freundin der jungen Frau. Alle drei sind
Schüler des Friedrich-Schiller-Gymnasiums
in Dieburg. Das tote Mädchen heißt Ayla
und ist türkischer Abstammung. Mit ihren
Eltern haben Melanie und ich vorhin gesprochen. Das war, wie ihr euch denken könnt,
nicht leicht. Auch mit der Freundin Anja haben wir sprechen können, aber eine Erklärung, warum die beiden sterben mussten, haben wir nicht erhalten. Die Eltern des jungen
Mannes habe ich bisher nicht erreichen können. Sie sollen zusammen mit seinem jüngeren Bruder morgen von einem Familienbe-
such zurückkommen. Mehr kann ich euch
leider nicht sagen", beendete Lutz seine
Rede. Er ergänzte: „Ach ja, die Familie soll
erzkatholisch sein, wurde mir noch gesagt."
Die Unterhaltung der Vier drehte sich dann
natürlich um die Ereignisse bei der THOMAS-
HÜTTE. Man war in Gedanken immer wieder
bei Ben Hausmann und seinen Eltern und
hoffte, dass man den Jungen bald lebend finden würde.

„Mir kommt ein Gedanke", sagte Werner Breuer zu seinem Schwiegersohn. „Wenn die Eltern des toten jungen Mannes so streng katholisch sind, kannst du sie vielleicht heute in aller Frühe in der Kirche erreichen. Wo in Dieburg wohnen sie denn?"

„In der Geraer-Straße, die liegt im Westen, Richtung Messel", lautete die Antwort.

„Da käme *St. Wolfgang* in Betracht", nahm Werner wieder das Wort. „Diese Kirche ist erst vor etwa 50 Jahren erbaut worden und war bis vor wenigen Jahren eine selbständige Pfarrgemeinde. Wenn da heute die sogenannte Frühschicht, die um 6:00 Uhr beginnt, stattfinden sollte, kannst du die Gesuchten vielleicht dort finden."

„Das ist eine gute Idee", antwortete Lutz. „Heute ist für 8:00 Uhr eine Besprechung im Präsidium angesetzt, da kann ich gut und gerne vorher noch in Dieburg sein."

Damit wurde die Unterhaltung beendet und man wünschte sich gegenseitig eine gute Nacht. Steffi und Lutz gingen nach oben und dieser wusste, dass es eine kurze Nacht werden würde, in der er nicht viel zum Schlafen käme.

8.

Montag, 13. September, 5:00 Uhr

Lutz Waski wurde vom Klingeln des Weckers jäh aus seinem Schlaf gerissen. Er hatte im Traum einen Täter verfolgt, der mit einem Motorrad flüchtete. Mit Blaulicht jagte er hinterher und hatte ihn fast eingeholt, als sich vor ihm die Schranken eines Bahnübergangs mit lautem Klingen schlossen.

Lutz brauchte einen Moment, bis er begriff, dass das Klingeln vom Wecker kam, der auf fünf Uhr gestellt war. Steffi neben ihm war auch munter geworden, gab ihn einen zärtlichen Kuss und sagte: „Guten Morgen, mein Schatz. Es wird heute sicher wieder ein langer Tag für dich. Ich mache dir schnell Frühstück und wenn du dann losgefahren bist, lege ich mich nochmal hin."

Die Aufforderung ihres Mannes, doch liegen zu bleiben, ignorierte sie.

Beim Frühstück saßen sich dann die beiden gegenüber. Steffi hatte ihrem Mann eine Tasse Kaffee eingeschenkt und sah zu, wie er sich sein Müsli schmecken ließ. Dabei wollte er wissen, was seine Frau so am Tag vorhabe. „Wenn ich Tobi in der Kita abgeliefert habe", sagte Steffi, „werde ich mit Cosi in die Gemeindeverwaltung fahren. Die

Kollegen haben unsere Tochter ja schon länger nicht mehr gesehen. Ich hoffe auch, dass der Bürgermeister da ist. Es ist doch schön, dass er mit einem so hervorragenden Wahlergebnis in seine vierte Amtszeit geht. Ich glaube, zwischen uns stimmt die Chemie und ich könnte mit ihm gleich über meinen Wiedereinstieg reden. Ich denke, jetzt wo unsere Kleine schon ein gutes halbes Jahr ist, könnte ich wieder ein paar Stunden in der Woche arbeiten. Durch die ganze Corona-Geschichte ist ja viel liegen geblieben und die bevorstehende Bundestagswahl verursacht wohl auch zusätzliche Arbeit. Da wäre ich sicher willkommen. Mit Mama habe ich schon gesprochen, sie würde sich freuen."

„Wolltest du nicht warten, bis Cosi ein Jahr ist und in die Kita gehen kann?", fragte Lutz.

„Na, höre erst einmal, was man im Rathaus meint. Heute Abend reden wir dann weiter. Jetzt muss ich los, hoffentlich treffe ich die Weinerts in der Kirche."

Damit stand Lutz auf, nahm seine Frau liebevoll in die Arme, verabschiedete sich mit einem langen Kuss und ging zu seinem Auto.

Zwanzig Minuten vor sechs stellte Kommissar Lutz Waski sein Fahrzeug vor der Kirche St. Wolfgang ab. Er betrat diesen modernen, in den sechziger Jahren des vorigen Jahrhunderts errichteten Bau und wandte sich in der Nähe des Altars an einen älteren Mann, den er ob seiner Kleidung für den Priester hielt.

Lutz wies sich aus und sagte: „Ich hoffe, Sie können mir helfen. Ich muss dringend mit dem Ehepaar Weinert sprechen. Wir haben gestern Nachmittag ihren Sohn Jakob tot aufgefunden. Bisher konnten wir die Eltern nicht erreichen und ich hoffe, dass sie jetzt zur Frühschicht kommen."

„Das ist ja entsetzlich", antwortete der Pfarrer. „Erika und Herbert Weinert kenne ich sehr gut. Ich habe ihre beiden Söhne Jakob und Elias getauft, gefirmt und ihnen auch die Kommunion erteilt. Jakob habe ich allerdings schon länger nicht mehr in der Kirche gesehen, aber seine Eltern kommen regelmäßig."

Auf Nachfrage setzte der Pfarrer fort." Herbert Weinert arbeitet als Kraftfahrer bei der Caritas hier in Dieburg und seine Frau ist dort als Reinigungskraft angestellt. Beide, engagieren sich außerordentlich für unsere Gemeinde, vor allem Erika ist oft hier zu finden."

Er schaute zum Eingang und sagte: „Da kommen die beiden. Soll ich bei Ihnen bleiben, wenn Sie die schlimme Nachricht überbringen?"

„Das wäre gut", befand Lutz Waski.

Der Pfarrer bedeute den Kommissar, in der Sakristei zu warten, ging auf das Ehepaar Weinert zu und bat beide, ihm in die Sakristei zu folgen. Nachdem sich alle gesetzt hatten, sagte er: „Liebe Erika, lieber Herbert, ich stelle Euch hier Kriminalhauptkommissar Lutz Waski von der RKI Darmstadt vor, er bringt leider eine schlimme Nachricht mit."

Dieser begann: Wir haben am gestrigen Nachmittag bei der THOMASHÜTTE in der Nähe von Eppertshausen zwei Personen tot aufgefunden, eine junge Frau und einen jungen Mann. Den Namen der Frau kennen wir, mit ihren Eltern und ihrer Freundin haben wir gestern Abend noch gesprochen. Von dieser haben wir erfahren, dass der tote Junge Ihr Sohn Jakob ist, sie hat ihn auf einem Bild erkannt.

Mein aufrichtiges Beileid."

Es vergingen ein paar Minuten, bis die Eltern die ganze Tragweite des Gesagten erfasst hatten. Dann schrie Frau Weinert laut auf und stürzte sich schluchzend in die Arme ihres Mannes. Der stand wie versteinert.

Der Pfarrer ging hinzu, nahm beide Eheleute an die Hand und versuchte Trost zu spenden.

Nach einer Weile sagte Herr Weinert: Ist es wirklich unser Junge, den Sie da gefunden haben? Kann nicht ein Irrtum vorliegen?"

Der Kommissar zeigte den beiden Eheleuten das Bild auf seinem Smartphon und meinte, nachdem beide bestätigend genickt hatten: „Ihr Sohn befindet sich jetzt in der Gerichtsmedizin in Frankfurt. Einer von Ihnen muss ihn aber noch identifizieren. Ich denke, das kann dort im Verlauf des heutigen Nachmittags geschehen. Wir informieren Sie noch und lassen Sie dann abholen. Fühlen Sie sich in der Lage, mir jetzt noch ein paar Fragen zu beantworten?"

Frau Weinert schüttelte den Kopf und erklärte: „Ich möchte jetzt hier an der Frühschicht teilnehmen und dann im Gespräch mit Gott versuchen, zu ergründen, warum er unseren Sohn so hart bestrafen musste.

Jakob war zwar dabei, sich von ihm loszusagen, aber musste er dafür gleich mit dem Tod bestraft werden?"

Hier griff der Pfarrer ein: „Erika, wir wissen: Die Wege des Herrn sind unergründbar, aber von einer Bestrafung würde ich nicht sprechen. Ich bin aber gewiss, in deinem Glauben wirst du Trost und später auch Ruhe finden."

Herbert Weinert hatte sich inzwischen etwas gefasst und fragte Kommissar Waski. „Wie ist Jakob denn gestorben? War es ein Unfall oder etwa gar Selbstmord? Wieso war er bei der THOMASHÜTTE?"

Lutz Waski antwortete: „Selbstmord, Unfall oder eine natürliche Todesursache können wir ausschließen, aber mehr wissen wir auch noch nicht. Wir gehen von Fremdverschulden aus und deshalb möchte ich viel über Jakob wissen. Wie kam er in der Schule zurecht? Wer waren seine Freunde? Hatte er sich in der letzten Zeit verändert? Gab es eine Freundin?"

„Jetzt, wo Sie so fragen", räumte Herbert Weinert ein, „muss ich erkennen, dass ich eigentlich herzlich wenig von meinem Sohn weiß. Ich denke, bei uns zuhause ist alles wie immer gelaufen. Dass Jakob nach seinem 18. Geburtstag, das war vor fast einem Jahr, begann, eigene Wege zu gehen, hielt ich für völlig normal. Im Gegensatz zu meiner Frau, die immer noch alles vorschreiben wollte. Sie wollte auch keine Freunde der Jungen im Haus haben und Mädchen schon einmal überhaupt nicht. Ich weiß, das sollte ich nicht sagen, aber Erika war manchmal ziemlich bigott.

Mehr über Jakob erfahren Sie sicher von seinem Bruder Elias. Ich muss sowieso rasch nach Hause gehen, um ihm zu sagen, dass

sein Bruder tot ist. Kommen Sie doch einfach mit."

„Darum wollte ich Sie gerade bitten", antwortete der Kommissar. „Ich würde auch
gern einen Blick in Jakobs Zimmer werfen."
„Jakob hat kein eignes Zimmer", entgegnete
sein Vater. „Die beiden Jungen haben gemeinsam einen Raum. Dort hat jeder seinen
Schrank und auch einen eigenen Schreibtisch. Den von Jakob können Sie sich natürlich gern ansehen."

Damit gingen die beiden Männer zum Auto
und Lutz Waski fuhr die paar Schritte bis zur
Geraer-Straße 23.

Die kleine Dreiraumwohnung der Familie
Weinert befand sich im obersten Stockwerk.
Herr Weinert schloss auf und die beiden
Männer traten ein. Elias saß in der Küche
beim Frühstück und schaute erstaunt auf die
beiden Ankömmlinge. „Guten Morgen
Elias, hast du ausgeschlafen?", fragte sein
Vater. „Ich komme mit einem Kommissar
der Kriminalpolizei. Es geht um Jakob. Man
hat ihn gestern tot aufgefunden."

Bestürzt reagierte der Junge: „Das kann
doch gar nicht sein. Wir haben doch alle vier
vorgestern zusammen gefrühstückt. Dann
sind wir drei losgefahren und Jakob ist mit
dem Fahrrad los. Er hat doch gesagt, dass er
zu Olaf fahren und vielleicht auch über

Nacht bei seinem Freund bleiben wolle. Deshalb haben wir uns auch nicht gewundert, dass er nicht da war, als wir nach Mitternacht heimkamen."

Kommissar Waski schaltete sich ein. „Elias, Dein Bruder ist sehr wahrscheinlich durch fremde Hand umgekommen. Deshalb müssen wir viel über ihn erfahren, damit wir diejenigen finden können, die schuld an seinem Tod sind. Es ist dir doch sicher recht, wenn dich nachher – so gegen zehn – ein Kollege von uns abholt. Wir können uns dann bei uns im Präsidium ausführlich unterhalten. Selbstverständlich können Sie", damit wandte er sich an Herbert Weinert, „oder Ihre Frau oder sie beide an diesem Gespräch teilnehmen.

Kennst du eigentlich die Freundin deines Bruders?" wandte sich Kommissar Waski abschließend nochmal an Elias.

Dieser druckste mit der Antwort etwas herum: „Die Eltern sollen das nicht wissen, aber Jakob hat eine Freundin. Sie heißt Ayla, ist eine Türkin und wohnt in Münster. Sie ist ein sehr hübsches Mädchen und ich bin stolz auf Jakob. Ayla geht bei uns in der Schule in die Zwölfte und wird von vielen angehimmelt."

Die Antwort, die er vom Kommissar erhielt, schockierte ihn ein weiteres Mal: „Elias, ich muss dir leider sagen, dass Ayla auch tot ist, man hat sie zusammen mit Jakob gestern Nachmittag gefunden. Nachher im Präsidium können wir ausführlicher darüber reden. Jetzt würde ich gern noch einen Blick auf Jakobs Schreibtisch werfen und wenn möglich, auch seinen Computer mitnehmen. Vielleicht finden wir dort Hinweise, die uns zu den Tätern führen."

Elias zeigte dem Kommissar einen Laptop, der auf einem der beiden Schreibtische stand, und sagte: „Der gehört Jakob. Seit wir im vergangenem Schuljahr wegen Corona sehr viel digitalen Unterricht hatten, hat jeder so ein Ding. Das Passwort von Jakob kenne ich aber nicht."

„Na, das werden unsere Spezialisten schon herausbekommen", lautete die Antwort.

Damit verabschiedete sich Lutz Waski von Elias und dessen Vater, ging zu seinem Auto und fuhr nach Darmstadt.

9.

Montag, 13. September, 7:30 Uhr

Kriminalhauptkommissar Lutz Waski hatte
sein Auto auf dem Personalparkplatz der
Regionalen Kriminalinspektion Darmstadt
in der Klappacher Straße abgestellt. Er ging
zum Büro des Leiters des Kommissariats
K10 und fragte die Sekretärin: „Frau Schreiber, ist der Chef schon da?" Die Tür zu dessen Zimmer war angelehnt und Kriminalrat
Torsten Haase rief: „Lutz, kommen Sie herein!"
Die beiden Männer begrüßten sich und Lutz
erstattete Bericht über die Ereignisse des
gestrigen Tages. Man war sich schnell einig,
dass das Verschwinden von Ben Hausmann
mit den beiden Toten im Zusammenhang
gesehen werden muss. Der Kriminalrat
sagte: „Für nachher, also für 8:00 Uhr, habe
ich eine Beratung mit allen Mitarbeitern angesetzt. Wir bilden eine Sonderkommission.
Die Leitung dieser SOKO, wir werden sie
Thomashütte nennen, übertrage ich hiermit
Ihnen."

Pünktlich um acht Uhr hatten sich alle Be-
amten des Kommissariats K10 im großen
Beratungsraum versammelt. Kriminalrat
Haase nahm das Wort. „Kollegen, es kommt

71

einiges an Arbeit auf uns zu. Viele von ihnen werden bereits wissen, dass wir einen Vermisstenfall und den Tod zweier jungen Leute aufzuklären haben.

Vermisst wird seit gestern 16:00 Uhr der elfjährige Ben Hausmann. Er wurde zuletzt bei dem Ausflugslokal THOMASHÜTTE, die zu Eppertshausen gehört, gesehen. In einer zu diesem Objekt gehörigen Scheune wurden im Zuge der Suche nach dem Jungen die Leichen eines Mannes und einer Frau, entdeckt. Eine natürliche Todesursache oder Suizid scheiden aus. Ein Suchhund hat die Spur des Jungen bis zu dieser Scheune verfolgt. Es ist also davon auszugehen, dass beide Fälle zusammenhängen. Ich habe deshalb entschieden, eine Sonderkommission zu bilden, die den Namen *Thomashütte* tragen wird. Wer von Ihnen zu dieser SOKO gehören wird, entscheiden wir am Ende dieser Beratung. Geleitet wird die SOKO *Thomashütte* von Hauptkommissar Waski. Lutz übernehmen Sie bitte."

Kommissar Waski erhob sich und informierte die Anwesenden über das Geschehen bei der THOMASHÜTTE am gestrigen Nachmittag. Weiter führte er aus: „Den Fall Ben Hausmann hat Hauptkommissarin Margot Leitner übernommen. Sie wird uns anschließend gleich über den Stand der Dinge ins

Bild setzen. Die Einzelheiten zum Fund der beiden Toten hatte ich geschildert. Dr. Bruns von der Gerichtmedizin und unsere SPUSI mit Hauptkommissar Göbel waren sehr schnell zur Stelle. Er wird uns nachher informieren. Dr. Bruns hat bestätigt, dass der Tod sowohl bei der jungen Frau als auch bei dem jungen Mann auf Fremdeinwirkung zurückzuführen ist. Beide Leichen befinden sich in der Rechtsmedizin und werden heute noch obduziert. Wir konnten inzwischen auch die Identität beider feststellen. Die Frau heißt Ayla Abakay und war Schülerin am Friedrich-Schiller-Gymnasium in Dieburg. Ihr Freund ging dort ebenfalls zur Schule. Sein Name ist Jakob Weinert. Dies haben wir von Aylas Freundin Anja Reichert erfahren.

Hauptkommissarin Forstmann und ich haben gestern Abend noch mit den Eltern von Frau Abakay gesprochen, ich komme gleich darauf zurück.

Melanie und ich sind dann noch zur Familie Reichert gefahren. Sie hat sich dann mit Anja unterhalten und wird uns gleich darüber informieren. Ich habe zu später Stunde versucht, der Familie Weinert die Nachricht von Jakobs Tod zu überbringen, aber niemand erreicht. Herrn und Frau Weinert habe ich aber vorhin in der Kirche getroffen.

Zusammen mit Herrn Weinert war ich dann im Zimmer, das sich Jakob mit seinem Bruder Elias geteilt hat. Mit Elias, der zwei Jahre jünger ist und auch auf das Friedrich-Schiller-Gymnasium geht, habe ich mich noch kurz unterhalten und mit ihm vereinbart, dass er heute Vormittag zu uns ins Präsidium kommt. Wir lassen ihn nachher abholen. Den Laptop von Jakob habe ich mitgebracht, er ist schon bei der KTU.

Nun zu unserem Gespräch mit den Eltern von Ayala. Beide sind deutsche Staatsbürger türkischer Abstammung. Der Vater von Herrn Abakay ist 1963 als Gastarbeiter nach Deutschland gekommen, hat die deutsche Staatsangehörigkeit erworben und eine Gebäudereinigungsfirma aufgebaut. Er ist 2001 verstorben. Seit dieser Zeit führt Alays Vater Affan Abakay die Firma. Derzeit hat sie 18 Mitarbeiter. Herr Abakay hat uns ungefragt mitgeteilt, dass er, seine Familie und auch alle Mitarbeiter strenggläubige Muslime sind. Seine Kinder, Ayla und ihr drei Jahre älteren Bruder Eren, sind streng nach den Sitten und Regeln seines Glaubens erzogen worden. Dass Ayla einen Freund gehabt haben könnte, hielt er für völlig ausgeschlossen. Nach dem Abitur habe sie einen entfernten Verwandten heiraten sollen.

Die Mutter von Ayla saß während des gesamten Gespräches weinend dabei. Sie versteht zwar recht gut die deutsche Sprache, hat aber noch immer, obwohl sie seit ihrer Heirat im Jahr 2000 in Deutschland lebt, Schwierigkeiten sich in Deutsch zu artikulieren.

Eren Abakay haben wir nicht zu Gesicht bekommen. Er sei mit Freunden per Motorrad in Richtung Odenwald unterwegs.

Ich habe ihn für heute für 10:00 Uhr hierher bestellt. Den Laptop von Ayla haben wir mitgenommen, er befindet sich in der KTU.

Zusammengefasst: Herr Abakay hat auf mich einen guten Eindruck gemacht. Ich vermag aber nicht einzuschätzen, wie er und sein Sohn reagiert hätten, wenn sie von der Liebesbeziehung zwischen Ayla und Jakob Weinert erfahren hätten. Wir müssen also auch ins Kalkül ziehen, dass die beiden Opfer eines sogenannten *Ehrenmordes* sein könnten.

Bevor uns nachher Hauptkommissarin Leitner über den Vermisstenfall Ben Hausmann informiert, wollen wir schnell noch hören, was Kollegin Forstmann von Aylas Freundin Anja erfahren hat. Melanie bitte!"

Hauptkommissarin Forstmann begann:
„Nachdem Lutz gegangen war, hatte ich ein kurzes und sehr offenes Gespräch mit Anja Reichert. Ayla und sie seien eng befreundet gewesen und hätten keine Geheimnisse voreinander gehabt. So wusste Anja zu berichten, dass ihre Freundin sehr unter dem strengen Regime des Elternhauses, in dem der Vater das alleinige Sagen hat, zu leiden hatte. Von ihrer Liebesbeziehung zu Jakob Weinert hätten die Eltern auf keinen Fall etwas erfahren dürfen, auch ihr Bruder nicht. Ayla war vor einer Woche, am 5. September, achtzehn geworden. Die Geburtstagsfeier habe im Kreis ihrer Familie stattgefunden, selbst Anja durfte sie nicht einladen."
Die Kommissarin zitierte dann Anja: „Wir, Ayla, Jakob, ich und ein paar unserer Freunde, haben dann am Montag bei uns hier ein bisschen gefeiert und wollten eine größere Party zu Jakobs 19. Geburtstag am 20. September veranstalten. Dass Ayla und Jakob ein Liebesnest in einer alten Scheune bei der THOMASHÜTTE hatten, wusste ich. Die beiden haben eine gemeinsame Zukunft geplant. Ayla trug sich mit den Gedanken, ihr Elternhaus zu verlassen.
Ihr war aber klar, dass dies einen riesigen Krach geben würde."

Die Kommissarin beendete ihre Ausführungen: „Es wäre vielleicht gut, wenn ich nachher mit Anja zum Friedrich-Schiller-Gymnasium fahre. Die Schulleitung muss ja informiert werden und wir sollten auch Freunde von Ayla und Jakob befragen."

Lutz Waski bedankte sich und sagte: „Melanie, ich finde Ihren Vorschlag gut, wir werden nachher das weitere Vorgehen und die Aufgaben für jeden von uns festlegen. Jetzt wollen wir erst einmal hören, was Hauptkommissarin Leitner zum Fall Hausmann zu sagen hat. Margot, Sie haben das Wort."

Diese begann ihren Bericht mit den Worten: „Wir alle haben wohl mitbekommen, dass der elfjährige Ben Hausmann seit gestern Nachmittag intensiv gesucht wird. Nachdem bereits Freunde der Eltern erfolglos gesucht hatten, wurde das gesamte Waldgebiet um die Thomashütte von einer Hundertschaft der Bereitschaftspolizei durchkämmt leider ebenso ohne Ergebnis wie der Einsatz eines Hubschraubers. Ein Suchhund hat eine Spur bis zu der Scheune verfolgt, in der die Toten gefunden wurden. Wir müssen also davon ausgehen, dass der Junge im Zusammenhang mit der Tötung der zwei jungen Leute entführt wurde. Wie in solchen Fällen üblich, haben unsere Leute schnell die Telefonüberwachung aller Anschlüsse der Familie Hausmann eingerichtet. Bisher haben sich die Entführer aber nicht gemeldet. Wir könnten natürlich die Suche rund um die THOMAS-HÜTTE heute fortsetzen, ich halte dies aber nicht für aussichtsreich. Die Entführer werden den Jungen, der hoffentlich noch am Leben ist, an einem anderen Ort gefangen halten. Die Telefonüberwachung wird aber selbstverständlich fortgesetzt.

Nun zu den Zeugenaussagen: Mit ziemlichem Aufwand und unterstützt durch einen Aufruf im Radio und im Fernsehen haben wir versucht, alle Personen zu finden, die sich am gestrigen Nachmittag in und bei der THOMASHÜTTE aufgehalten haben. Nach Abgleich der bisher vorliegenden Aussagen sind das 87 Personen. 72 davon sind uns inzwischen namentlich bekannt. Diese wurden auch alle befragt. Besonders auffällige Ereignisse wurden aber nicht beobachtet. Interessant dürfte sein, dass auf dem Parkplatz in der Nähe der alten Scheune zwischen 16:00 Uhr und 17:00 Uhr zwei junge Leute mit Motorrädern und ein älterer PKW gesehen wurden. Wer diese Personen waren, wissen wir nicht. Bei dem Auto solle es sich um einen dunkelblauen Kombi vom Typ Opel-Astra gehandelt haben. Nur wenige Zeugen haben diese Fahrzeuge überhaupt bemerkt und niemand konnte nähere Angaben zu Fahrern oder den polizeilichen Kennzeichen machen. Ich vermute aber, dass wir es hier mit den gesuchten Tätern zu tun haben und schlage vor, bei der Suche nach diesen bzw. ihren Fahrzeugen weiter auf die Mithilfe der Bevölkerung zu setzten."

Kommissar Waski übernahm wieder die Gesprächsführung: „Margot, vielen Dank für Ihren Bericht. Es wurde von Ihnen und allen beteiligten Kollegen eine wahre Sisyphusarbeit bewältigt. Das Ergebnis, 72 von 87 Personen identifiziert zu haben, kann sich sehen lassen.

Bevor wir jetzt eine kurze Pause machen und danach die Kollegen der KTU zu Wort kommen lassen und das weitere Vorgehen festlegen, möchte ich doch vorschlagen, dass die Suche nach Ben Hausmann noch nicht abgebrochen wird. Ich stimme mit Kommissarin Leitner voll überein, dass Ben in die Hände derjenigen gefallen ist, die für den Tod von Ayla und Jakob verantwortlich sind. Wir können aber leider nicht ausschließen, dass sie auch Ben getötet und seine Leiche in der Nähe der THOMASHÜTTE versteckt haben. In diesem Fall wäre es wichtig, diese so schnell wie möglich aufzufinden. Wenn unser Chef einverstanden ist, sollte dass das gesamte infrage kommende Gebiet nochmals, auch mit dem Einsatz von Hunden, durchsucht werden."

Kriminalrat Torsten Haase nickte und versprach, die erforderlichen Schritte umgehend in die Wege zu leiten.

Dann erhoben sich alle, die Raucher strebten nach draußen und die meisten besorgten sich einen Becher Kaffee.

10.

Montag, 13. September, 9:00 Uhr

Die Beratungspause war beendet und Kommissar Waski hatte Hauptkommissar Daniel Goebel um seinen Bericht gebeten.

Dieser begann: „Wir haben uns als erstes den kleinen Raum vorgenommen, in dem die beiden Toten lagen. Der Begriff *Liebesnest*, den vorhin Margot verwendet hat, trifft wohl zu. Die beiden hatten sich – höchstwahrscheinlich nicht zum ersten Mal – dort getroffen. Gestern sind sie offensichtlich kurz vor oder während des Geschlechtsverkehrs gestört worden. Der junge Mann, also Jakob Weinert, muss dann den Raum verlassen haben. Nicht so die Frau, also Ayla. Sie ist in diesem Raum zu Tode gekommen, stand aber und wurde von hinten gewürgt. Danach erst wurde ihr Leichnam auf der Matratze abgelegt.

Jakob Weinert hat sich in der angrenzenden Scheune eine handgreifliche Auseinandersetzung mit mindestens zwei Personen geliefert. Nicht weit von der Tür zu der kleinen Kammer haben wir Spuren dieses Kampfes gefunden, unter anderem unterschiedliche Fußabdrücke. solche von einem Mann, der barfuß war, und dann welche von Schuhen in den Größen 44 und 45. Am Kampfplatz lag ein mittelgroßer Hammer, an dem sich Blutspuren und Haarreste befanden. Dies alles haben wir, genauso wie die Fingerabdrücke am Hammerstiel, natürlich sichergestellt. Blut und Haare dürften von Jakob Weinert stammen, das muss aber noch mit der Gerichtsmedizin abgeklärt werden. Das gleiche trifft zu für Partikel, die wir an einer scharfen Kante eines alten Heuwenders, der nahe bei dem Kampfplatz stand, gefunden haben. Diese Partikel, Hautreste, Blut und Haare, befanden sich in einer Höhe von 1,50 m über dem Boden und könnten von einem Sturz herrühren. Aus dem Heuwender haben wir das entsprechende Metallstück herausgeschnitten und mit ins Labor gegeben. Auch hier bleibt abzuwarten, was die Obduktion ergibt. Ohne dieser vorgreifen zu wollen kann man folgern, dass Jakob Weinert in Folge des Kampfes zu Tode kam. Wir konnten jedenfalls feststellen, dass er in die kleine Kammer mehr geschleift als getragen und auf der Matratze abgelegt wurde. Ob zu diesem Zeitpunkt Ayla Abakay schon tot war oder erst hinterher umgebracht wurde, lässt sich nicht sagen.

Nun zu den Spuren, die auf eine Entführung von Ben Hausmann hinweisen: In der gegenüberliegenden Seite der Scheune gibt es eine kleine Tür, neben der ein alter Anhänger stand. In der unmittelbaren Umgebung fanden wir Fußabdrücke von drei Personen. Solche von Kinderschuhen und dann welche in den Größen 39 und 42. Außerdem haben wir an der Deichsel des Hängers Stofffasern gefunden, die nach Farbe und Struktur zum T-Shirt von Ben passen könnten.

Folgendes Szenario ist denkbar: Ben Hausmann hatte sich hinter dem Hänger versteckt und sah die Auseinandersetzung von Jakob mit zwei Personen. Ob er sich still verhielt oder schrie, wissen wir nicht, aber er wurde entdeckt. Zwei weitere Personen, die nicht am Kampf mit Jakob Weinert beteiligt waren, bemächtigten sich des Jungen.

Weshalb die vier Personen in die Scheune kamen, ist unklar. Offensichtlich haben sie aber bei ihrer Flucht den unbequemen Zeugen mitgenommen.

Neben den Fingerabdrücken am Stiel des Hammers haben wir auch welche an dem Anhänger sicherstellen können. Insgesamt haben wir Abdrücke von drei verschiedenen Personen. Leider hat der gestern Abend noch erfolgte Abgleich mit der Datenbank des LKA keine Treffer ergeben."

Hauptkommissar Lutz Waski bedankte sich für den ausführlichen Bericht und lobte die gute Arbeit der SPUSI. Man sei bezüglich des möglichen Tathergangs ein gutes Stück weitergekommen. Er meinte, dass die gerichtsmedizinische Untersuchung der beiden Toten sicher weitere Erkenntnisse bringen würde.

Dann wollte er wissen, ob die Untersuchung der Handys der Toten und des Laptops von Ayla Abakay schon etwas Wichtiges ergeben habe.

„Die Handys haben wir uns gestern Abend gleich vorgenommen", nahm Kommissar Goebel wieder das Wort. „Jedes der beiden war durch Passwort geschützt. Das von Jakob Weinert war leicht zu knacken, es lautete: *AYLA592003*, also Name und Geburtsdatum seiner Freundin. Diese hatte ein etwas kompliziertes Passwort gewählt, was uns aber auch keine große Mühe bereitete. Übrigens hatte ihr Laptop, den wir noch nach Mitternacht erhielten, den gleichen Schutz.

Nun zu den Inhalten: Die Handys hatten beide WhatsApp und in den zugehörigen Chat-Listen gibt es viele Namen und Nachrichten. Darunter waren auch viele mit lustigen Texten bzw. Bildern, wie sie zwischen WhatsApp-Nutzern zirkulieren.

Der Chatverkehr zwischen Ayla und Jakob bestand weitgehend aus Liebeserklärungen und entsprechenden Smileys. Die Einträge im Einzelnen und vor allem die Anruferlisten sind allerdings noch nicht vollständig ausgewertet. Bei der bisherigen Durchsicht wurde aber keinerlei Hinweise auf irgendwelche Forderungen oder Drohungen gefunden. Interessant könnten zwei Nachrichten von Ayla an Jakob sein, in denen sie bat, sehr vorsichtig in der Sache *Spatz* zu sein.

Die Auswertung des Laptops von Ayla läuft noch. Ein Ordner war mit *Schule* bezeichnet und für einzelne Fächer untergliedert. Hier fanden sich Fachtexte, Aufgaben und Lösungen. Ein anderer Ordner trug den Namen *Jakob*. Hier war der E-Mail-Verkehr zwischen den beiden gespeichert. Er entsprach dem des Handys. Auch hier hat Ayla zur Vorsicht mit einem *Spatz* gemahnte. Sie hatte selbstverständlich auch einen Account bei Facebook. Die Liste der Freunde ist umfangreich und deckt sich weitgehend mit den Namen, die in den Chats bei WhatsApp zu finden sind. Es gibt zahlreiche Beiträge, die mit *gefällt mir* gekennzeichnet sind, aber keinen einzigen, der mit der Tötung von Ayla oder Jakob in Verbindung gebracht werden könnte."

Kommissar Goebel beendete seine Ausführungen: „Die weitere Auswertung der drei Geräte sowie des neu hinzugekommenen Laptops von Jakob Weinert braucht noch

Zeit. Es liegt eine große Menge von Daten vor und wir wissen noch nicht, in welche Richtung zu suchen ist."

Es trat eine kurze Pause ein, in der sich alle das soeben Gehörte durch den Kopf gehen ließen.
Dann ergriff Kommissar Waski das Wort. Er bedankte sich und sagte dann:
"Folgende Schritte halte ich jetzt für nötig:
Erstens muss von uns jemand in das Institut für Gerichtsmedizin nach Frankfurt fahren und bei der Obduktion der beiden Toten zugegen sein. Ich bitte Kommissarin Bernd dies zu übernehmen, Ralf Kleinert mag sie begleiten. Seid ihr beide schon einmal bei einer Obduktion dabei gewesen?", fragte er seine Mitarbeiter. Gisela Bernd nickte, aber ihr Kollege schüttelte den Kopf. „Na, einmal ist immer das erste Mal", wurde er von Lutz Waski aufgemuntert. Dieser setzte fort: „Ich gehe davon aus, dass auch die Staatsanwaltschaft einen Vertreter entsenden wird. Ralf, Sie bitte ich, sich mit den Eltern von Jakob Weinert in Verbindung zu setzen und dafür zu sorgen, dass mindestens einer von beiden ihren Sohn identifiziert.
Ayla Abaky muss natürlich auch identifiziert werden, aber wenn dies geschieht, sicher

durch ihren Vater, möchte ich zugegen sein, ich will seine Reaktion genau beobachten."

Zweitens gilt es, das Gespräch mit Anja Reichert zu führen und die Leitung des Friedrich-Schiller-Gymnasiums zu informieren. Ich bitte Hauptkommissarin Forstmann, diese Aufgaben zu übernehmen. Melanie, Sie haben ja bereits einen ersten Kontakt zu Anja hergestellt und wie in der Schule vorzugehen ist, brauche ich nicht zu erklären. Ich bitte, dabei auch Informationen über den sogenannten *Spatz* einzuholen. Ich denke, dass wird der Spitzname eines Lehrers sein. Da sicher Mitschüler von Ayla und Jakob befragt werden müssen, sollten sich hier weitere Kollegen beteiligen.

Drittens muss die Suche nach Ben Hausmann und die Überwachung der Telefonanschlüsse seiner Eltern fortgesetzt werde. Die geschieht nach wie vor unter der Leitung von Hauptkommissarin Leitner.

Viertens gilt es Eren Abakay, den Bruder von Ayla zu vernehmen, um abzuklären, ob die Ermittlungsrichtung *Ehrenmord* weiterhin verfolgt werden muss. Diese Aufgabe übernehme ich. Anschließend spreche ich mit Elias Weinert, den Bruder des Toten, und fahre danach in die Gerichtsmedizin.

Chef, sind Sie mit diesem Vorgehen einverstanden?" beendete Lutz Waski seine Rede.

Kriminalrat Haase erklärte sein volles Einverständnis und seine Absicht, die Staatsanwaltschaft umgehend zu informieren.

Dann führte er aus: „Zur SOKO *Thomashütte* werden vorläufig folgende Personen gehören: Alle Kolleginnen und Kollegen, die Lutz eben genannt hat, sowie zur Unterstützung von Melanie Forstmann bei den Recherchen in der Schule Oberkommissarin Vera Ohlert von unserer Abteilung Sexualdelikte und Hauptkommissar Kurt Kunze von der Abteilung Raubstraftaten. Da wir bei der Schule auch in Richtung Rauschgift denken müssen, sollten Sie, Melanie, mit unserem K34 Kontakt aufnehmen und fragen, ob es bezüglich des Schiller-Gymnasiums irgendwelche Informationen gibt. Kollegen, an die Arbeit! Ich wünsche viel Erfolg und bitte, alle Erkenntnisse, auch Kleinigkeiten, umgehend dem Leiter der SOKO, Hauptkommissar Waski, zukommen zu lassen. Mit ihm werde ich in ständigem Kontakt bleiben."

Kommissar Waski beendete die Beratung und setzte das nächste Treffen der SOKO für 17:00 Uhr fest, falls nicht neue Ereignisse einen früheren Termin erfordern würden.

11.

Montag, 13. September, 10:00 Uhr

In seinem Arbeitsraum saß Hauptkommissar Lutz Waski hinter seinem Schreibtisch. Ihm gegenüber auf dem Besucherstuhl hatte Eren Abakay Platz genommen. Der junge Mann machte einen gepflegten Eindruck. Er war etwa 1,75 m groß, hatte eine kräftige Statur und mittellange schwarze Haare. Bekleidet war er mit einem karierten Hemd, Jeans und weißen Turnschuhen.

Lutz Waski kondolierte ihm und forderte ihn auf, von seiner Schwester und dem Verhältnis zu ihr zu erzählen.

Eren begann: „Ayla war drei Jahre jünger als ich und wir beide hatten ein sehr gutes Verhältnis. Ich war immer ihr Vertrauter und Beschützer. Beide hatten wir es nicht immer leicht. Bei uns zuhause hat unser Vater das absolute Sagen. Er wollte uns in der Tradition der Familie zu strenggläubigen Moslems erziehen und duldete keinerlei Widerspruch. Auf seine Weise hat er uns sicher geliebt und wollte für uns das Beste, jedenfalls das, was er dafür hielt. So durfte ich nicht aufs Gymnasium, obwohl ich gut in der Schule war. Nach dem Realschulabschluss musste ich eine Lehre als Gebäudereiniger beginnen. Inzwischen bin ich in unserem

Betrieb fest integriert und werde diesen eines Tages vielleicht übernehmen. Das geht aber nur, wenn ich mich dem Regime unseres Vaters füge. Dass er seinem Liebling Ayla den Besuch des Gymnasiums gestattet hat, grenzte für mich fast an ein Wunder. Aber nach dem Abitur hätte sie ihren Großcousin Amir heiraten und in der Familie des Mannes leben sollen. Ich weiß zwar nicht, wie Amir tickt, aber nach Vaters Willen hätte sie in dessen Familie eine Rolle gehabt, wie Mutter in der unsrigen. Ayla war dazu aber nicht bereit. Sie fühlte sich als Deutsche und nicht als Türkin und wollte ihr Leben selbst gestalten. Wenn sie mit der Schule fertig gewesen wäre, hätte es sicher einen großen Krach gegeben, weil Vater bestimmt mit allen Mittel versucht hätte, seinen Willen durchzusetzen."

An dieser Stelle fragte Lutz Waski: „Eren, wie ist denn Ihre Meinung dazu?

Wussten Sie, dass Ayla einen festen Freund hatte?"

Mit Erstaunen hörte der Kommissar die Antwort: „Ja, ich kenne Jakob. Seine Alten sind mit ihrem fanatischen Glauben genauso verbohrt, wie unsere mit Allah. Wenn es Gott oder Allah gibt, für mich sind beide identisch, dann toleriert dieser auch wahre Liebe zwischen zwei jungen Menschen. Wir leben schließlich nicht mehr im Mittelalter. Aber sagen Sie mir bitte, was mit Ayla passiert ist und wo ich Jakob treffen kann."

Auf die Mitteilung, dass Jakob Weinert auch ums Leben gekommen war, reagierte Eren sichtlich schockiert. Er wollte Einzelheiten wissen, aber Waski teilte ihm nur mit, dass die beiden am gestrigen Nachmittag bei der THOMASHÜTTE waren und dort von fremder Hand getötet wurden.

Noch immer erschüttert sagte Eren: „Wer hat denn so etwas getan? Ich weiß, dass sich Ayla und Jakob dort öfters getroffen haben und ich weiß auch, dass meine Schwester keine Jungfrau mehr war, aber das kann doch kein Grund sein, die beiden umzubringen."

„Kann Ihr Vater von dem Verhältnis der beiden etwas gewusst oder geahnt haben? Wie hätte er reagiert, wenn dies der Fall wäre? Ist es möglich, dass er etwas mit dem Tod der beiden zu tun hat?", wurde Eren gefragt.

„Das ist unmöglich", lautete die Antwort. „Wenn Vater gewusst hätte, dass seine Tochter *entehrt* – so sein Denken – worden war, hätte er sie verstoßen. Ayla hätte sich in der Familie nicht mehr sehen lassen dürfen. Ich könnte mir auch vorstellen, dass er Jakob einen Denkzettel hätte verpassen lassen. Dafür hätte er unter unseren Mitarbeitern, die

91

alle strenggläubige Muslime sind, sicher geeignete Handlanger gefunden. Aber Mord hätte Vater keinesfalls befohlen. Außerdem bin ich überzeugt, dass er keine Ahnung von dem Verhältnis zwischen Ayla und Jakob hatte. Er hätte sich in den letzten Tagen nicht so normal verhalten."

Kommissar Waski bedankte sich für die ausführlichen und offenen Aussagen, wollte aber – der Vollständig halber, wie er sagte – noch wissen, wo Eren am gestrigen Tage war. Dieser erklärte, dass er und zwei seiner Freunde im Odenwald mit Motorrädern unterwegs waren. Jeder habe sein Mädchen als Sozia mitgehabt. Am Nachmittag, so ab 16:00 Uhr, hätten alle sechs in einem Lokal in Hirschhorn am Neckar gesessen und Kaffee getrunken. Er habe dann seine Freundin nach Hause gefahren und sei sehr spät heimgekommen. Namen und Adresse des Mädchens sowie die Anschriften seiner Freunde hat Eren bereitwillig angegeben.

Danach hat Lutz Waski ihn entlassen, wobei Eren noch sagte: „Herr Kommissar, finden sie rasch den Mörder meiner Schwester."

Es war dann 10:45 Uhr als Elias Weinert, den man zuhause abgeholt hatte, den Raum betrat. Er war allein gekommen, sein Vater war unterwegs zur Gerichtsmedizin nach

Frankfurt und seine Mutter fühlte sich nicht in der Lage, das Haus zu verlassen.

Kommissar Waski begrüßte den Bruder von Jakob, entschuldigte sich, dass er etwas warten musste, und bat ihn, auf dem Besucherstuhl Platz zu nehmen. Dann forderte er Elias auf, von sich und von Jakob zu erzählen. Er wollte wissen, wie der Alltag, die Schule und die Freizeit gewesen seien und ob es in der letzten Zeit irgendetwas Besonderes gegeben hätte.

Der aufrichtige und ausführliche Bericht von Elias ergab folgendes Bild:

Die beiden Jungen sind in einer harmonischen Familie aufgewachsen und haben sich sehr gut verstanden. In der Schule gab es keinerlei Probleme. Jakob war ein sehr guter Schüler. Mathematik und Informatik waren seine Lieblingsfächer, diese wollte er auch studieren. Mit der übertriebenen Frömmigkeit ihrer Mutter hatten allerdings beide Jungen Probleme. Obwohl jeder Ministrant gewesen war, hatten sie begonnen, sich innerlich von der Kirche zu distanzieren.

Materiell waren die Weinerts nicht auf Rosen gebettet und beide Jungen hatten versucht, etwas dazu zu verdienen, z.B. durch Zeitungsaustragen. Jakob hat auch Nachhilfestunden gegeben. In der Freizeit war jeder von ihnen mit seiner Clique unterwegs.

Handball haben sie beide im gleichen Verein gespielt, allerdings in unterschiedlichen Mannschaften. Viel Zeit hatte man am Computer verbracht und Jakob hat in den letzten Monaten jede Möglichkeit genutzt, um mit Ayla zusammen zu sein. Auf die schöne Freundin seines Bruders war Elias sehr stolz und hat sich gut mir ihr verstanden.

Lutz Waski hatte sich den Bericht genau angehört und sagte dann: „Elias, ich bedanke mich ganz herzlich und habe nur noch eine Frage. Sagt dir der Name *Spatz* etwas?"
„Na klar", kam die Antwort. „Das ist der Spitzname von Studienrat Sperling. Der unterrichtet bei uns Biologie und Sport. Ich hatte noch nie Unterricht bei ihm, aber Jakob schon, jedenfalls bis der Kursunterricht begann. Ich glaube, er konnte *Spatz* nicht besonders gut leiden. Vor kurzem machte er eine Bemerkung, dass er gar nicht glauben könne, was er über den gehört habe. Wenn das stimmen würde, wäre *Spatz* die längste Zeit Lehrer gewesen und würde vielleicht sogar bald gesiebte Luft atmen. Fragen Sie mich aber bitte nicht, was Jakob damit gemeint hat. Er hat nicht mehr erzählt. Das Ganze wäre noch nicht spruchreif."
Damit war das Gespräch beendet.

12.

Montag, 13. September, 10:00 Uhr

Hauptkommissarin Melanie Forstmann saß zusammen mit Anja Reichert an einem Tisch in der Kantine des Polizeipräsidiums. Wie abgesprochen war Anja zuhause abgeholt worden, weil sich die Kommissarin von dem Gespräch mit Ayla Abakas bester Freundin genauere Einblicke in deren Leben erhoffte. Jede der beiden Frauen hatte einen Pot Kaffee vor sich stehen und Anja begann freimütig zu erzählen. Geheimnisse hatten die beiden Freundinnen offensichtlich nicht voreinander und Anja wollte auch nichts verheimlichen, um alles zu tun, damit der Tod von Ayla möglichst rasch aufgeklärt werden kann.

So erfuhr Melanie Forstmann viel von dem Alltag der beiden Mädchen. Beide waren gute Schülerinnen und nach dem durch Corona stark beeinträchtigten letzten Schuljahr hatte nun das Lernen wieder richtig Spaß gemacht. In ihrer Freizeit haben beide im Verein aktiv Handball gespielt und waren viel mit Freunden unterwegs. Zu ihrer Clique gehörten Jakob und Olaf, in die sie verliebt waren. Anja meinte, dass ihr Verhältnis zu Olaf aber noch nicht so eng sei wie die Beziehung zwischen Ayla und Jakob. Die

95

beiden hätten nur noch Augen füreinander gehabt und sie wusste auch von den intimen Kontakten der beiden. Sie meinte, mit Olaf würde es sicher auch bald funken.

Aylas Hauptproblem war das Verhältnis zu ihren Eltern, besonders zu ihrem Vater. Als kleines Mädchen hatte sie ihn vergöttert, aber je älter sie wurde, umso weniger kam sie mit seiner autoritären Art zurecht. Besonders seine Fixiertheit auf eine von streng islamischer Tradition geprägten Lebensweise und seine Forderung, in diesem Sinne zu leben, konnte sie nicht verstehen.

Dass sie – wie vom Vater geplant – ihren Großcousin Armin heiraten sollte, kam für Ayla überhaupt nicht infrage. Sie wollte mit Jakob leben. Um dies durchzusetzen, wollten Ayla Abakay und Jakob Weinert am kommenden Sonnabend, einen Tag vor Jakobs 19. Geburtstag, heimlich heiraten. Beim Standesamt auf der Veste Oetzberg war das Aufgebot bestellt. Weiter sagte Anja. „Trauzeugen sollten ich und der beste Freund von Jakob, sein Mitschüler Olaf Gruber, sein. Außer diesen vier Personen kannte niemand das Vorhaben, insbesondere nicht die Eltern und Brüder von Alay und Jakob. Am Sonntag sollte dann eine große Geburtstagsparty auf dem Wochenendgrundstück von Olafs Eltern steigen. Dort wollten die beiden ihre Heirat bekannt geben und am nächsten Tag ihre Eltern vor vollendete Tatsachen stellen.

Ayla hat damit gerechnet, dass ihr Vater sie zuhause rauswerfen würde. In diesem Fall wollte sie zunächst mit Jakob, bei dem es zuhause sehr eng zugeht, im Wochenendhaus von Olafs Eltern leben. Weil diese noch für mindestens ein Jahr im Ausland sind, steht das leer. Nach dem Abitur wollte Jakob ein duales Studium hier in Darmstadt beginnen. Bei einem Praktikum hatte er schon die Weichen gestellt. Auch Ayla wollte nach ihrem Schulabschluss hier studieren und beide hätten sich eine Studentenbude gesucht."

Die Kommissarin fragte als nächstes nach dem Verhältnis von Ayla zu ihrem Bruder. Das sei gut gewesen. Eren habe von ihrem Verhältnis zu Jakob gewusst und dieses akzeptiert. Zuhause habe er aber gekuscht und sich dem Vater widerstandlos untergeordnet, weil er später die Firma übernehmen wollte. Abschließend wollte Melanie Forstmann über das Geschehen in der Schule informiert werden und fragte gezielt nach einem *Spatz*. Sie erfuhr, dass dies der Spitzname von Studienrat Sperling sei. Dieser würde Biologie und Sport unterrichten und sei besonders bei den Mädchen sehr beliebt. Anja geriet fast ins Schwärmen: „Also *Spatz*, ich meine Herr

Sperling, sieht sehr gut aus. Er ist groß, schlank und hat volle schwarze Haare. Er ist vielleicht 40 Jahre alt und leider verheiratet. Sein Unterricht, ich habe ihn in Biologie, ist spannend und man kann viel lernen. Sein Spezialgebiet sind die einheimischen Vogelarten. Hierzu leitet er auch eine außerschulische Arbeitsgemeinschaft, in der aber die Teilnehmerzahl sehr begrenzt ist. Ich wurde nicht genommen."

Zum sonstigen Schulalltag hatte die Kommissarin nichts Wesentliches erfahren. Sie beendete das Gespräch und bot Anja an, sie nachher mitzunehmen, wenn man in die Schule fahren würde.

13.

Kriminalkommissarin Gisela Bernd und ihr Kollege, Kommissaranwärter Ralf Kleinert, hatten nach telefonischer Absprache Herbert Weinert zuhause abgeholt. Alle drei stiegen vor dem gerichtmedizinischen Institut in der Frankfurter Kennedyallee aus dem Auto, gingen zum Empfang und baten um Anmeldung bei Dr. Bruns.

Nach wenigen Minuten kam ein junger Mann in einem grünen Kittel und sagte: „Ich bin der Gehilfe von Dr. Bruns. Er erwartet uns im Sektionsraum II, ich bringe Sie hin."

Der Weg führte ins Kellergeschoss und durch einen langen Gang. An dessen Ende befand sich der angestrebte Raum. Über allem lag ein strenger Geruch von Desinfektionsmitteln.

Der Raum selbst strahlte abweisende Kälte aus. In der Mitte standen zwei blankpolierte, chromglänzende Tische, eine Seitenwand bestand fast nur aus Türen von Stahlfächern, die in drei Reihen übereinander angeordnet waren. Gegenüber vom Eingang gab es eine Glasfront, hinter der das Büro von Dr. Bruns zu erkennen war.

Dieser kam heraus, ging auf seine Besucher zu, um diese zu begrüßen und wandte sich an

Herbert Weinert: "Ich nehme an, Sie sind der Vater des Toten – mein aufrichtiges Beileid."

Dann bat er seinen Gehilfen, die Leiche von Jakob Weinert aus dem Kühlfach zu holen. Eine der Stahltüren wurde geöffnet und eine Bahre herausgezogen. Auf dieser lag ein toter Mensch, völlig mit einem weißen Tuch bedeckt. Alle gingen zum Kopfende.

Dr. Bruns schlug das Tuch zurück und fragte: „Herr Weinert, ist das Ihr Sohn?"

Der so Angesprochene starrte fassungslos und stumm auf seinen Sohn und traute sich nicht, ihn zu berühren. Schließlich sagte er mit leiser Stimme: „Ja, das ist Jakob."

Dr. Bruns bedankte sich und bat Ralf Kleinert den verzweifelten Vater nach oben zu führen, wo der Streifenwagen wartete, der ihn nach Hause fahren würde.

Nach einer kurzen Pause kam Ralf Kleinert zurück, in seinem Gefolge eine junge hübsche Frau, die sich als Mitarbeiterin der Staatsanwaltschaft Darmstadt vorstellte.

Dr. Bruns sah seine Gäste an und meinte: „Wenn ich euch so anschaue, sehe ich drei junge Menschen, von denen ich annehme, dass sie noch nicht oft bei Obduktionen dabei waren. Habe ich recht?"

Zwei der drei nickten, nur Kommissarin Bernd erklärte, schon mehrmals an einer Autopsie teilgenommen zu haben.

„Wir fangen harmlos mit der äußerlichen Leichenschau an", erklärte der Gerichtsmediziner. „Danach wird es aber unappetitlich, wenn wir uns die inneren Organe vornehmen. Ich weise schon einmal darauf hin, dass sich die Toiletten gleich hinter der Eingangstür befinden."

Gemeinsam mit seinem Gehilfen legte der Gerichtsmediziner den Toten auf den Sektionstisch, zunächst in Rückenlage. Die Leiche war gewaschen worden und man hatte auch alle Haare entfernt. Dr. Bruns begann damit, dass er sorgfältig Zentimeter für Zentimeter den gesamten Körper untersuchte. Dabei sprach er seine Befunde in ein Mikrofon, das um seinen Hals hing.

Besonderes Augenmerk widmete er den Händen des Toten, wobei er unter den Fingernägeln der rechten Hand Hautreste fand und diese für eine DNA-Untersuchung sorgfältig in ein kleines verschließbares Glasgefäß legte. Besonders viel Zeit ließ sich der Arzt mit der Untersuchung von Hämatomen, die auf beiden Oberarmen sowie im Brustbereich zu sehen waren. Diese wurden auch von fotografiert, genauso wie die große Wunde an der rechten Schläfe.

Sodann wurde der Körper des Toten auf den Bauch gelegt und die Rückenpartie genauso sorgfältig untersucht wie vorher die Vorderseite. Besonders unter die Lupe genommen wurde die Verletzung am Hinterkopf, die an dem kahlgeschorenen Schädel deutlich zu erkennen war. Es gelang Dr. Bruns, ein kleines blaues Farbpartikel sicherzustellen. Dieses wurde ebenso wie vorher die Hautreste, die unter den Fingernägeln hervorgeholt worden waren, in einem Glasgefäß sichergestellt.

Dann richtete er sich auf und erklärte: „Mit der äußeren Leichenschau bin ich fertig und kann folgendes sagen: „Unmittelbar vor Eintritt des Todes hat ein Kampf stattgefunden, die Hämatome an den Oberarmen und im Brustbereich sind frisch. Die vordere Kopfverletzung dürfte von einem starken Schlag mit einem metallischen Gegenstand stammen. Dieser hat mit Sicherheit zur Bewusstlosigkeit geführt, aber der Schädel ist an dieser Stelle nicht gebrochen. Anders am Hinterkopf. Hier ist der Schädelknochen gebrochen und gesplittert, was zum Tod geführt haben dürfte. Das wissen wir aber genauer, wenn wir das Gehirn untersucht haben. Jetzt legen wir aber erst einmal eine Pause ein.“

Kommissarin Bernd nutzte die Gelegenheit, um Dr. Bruns über die Untersuchungsergebnisse der KTU zu informieren. Sie teile ihm mit, dass ein Hammer, an dem Blut- und Haaranhaftungen sowie Fingerabdrücke sichergestellt werden konnten, bereits im Labor sei. Ebenso ein Teil, das aus einem Heuwender herausgeschnitten worden war und an dem sich ebenfalls menschliche Spuren befanden. Sie bat Dr. Bruns, die an der Leiche gefundenen Partikel sowie Material zur DNA-Bestimmung von Jakob Weinert auch gleich ins Labor zu schicken.

Die Pause war beendet und Dr. Bruns begann mit der eigentlichen Obduktion. Dazu öffnete er zunächst die Leiche, die inzwischen wieder auf dem Rücken lag, mit einem kräftigen Y-Schnitt und untersuchte sorgfältig den Brustraum sowie den Ober- und Unterbauch. Danach wurden die einzelnen Organe, Herz, Lunge, Leber, Magen, Nieren, Pankreas usw. entnommen. Einzeln kamen sie in bereitstehende Metallschalen, wurden gewogen und für weitere Untersuchungen zur Seite gestellt.
Gisela Bernd, Ralf Kleinert und die Staatsanwältin hatten interessiert zugeschaut. Sie waren allesamt ziemlich blass geworden,

aber es war ihnen gelungen, aufkommende Übelkeit zu unterdrücken.

Bevor sich Dr. Bruns der detaillierten Untersuchung der entnommenen Organe zuwandte, hatte er ihnen angeboten, nebenan in seinem Büro, wo es eine kleine Sitzecke gab, zu warten. Dieses Angebot wurde dankend angenommen.

Nach mehr als einer Stunde kam Dr. Bruns in sein Büro und meinte: „Eine erste Untersuchung der inneren Organe hat keine Auffälligkeiten erkennen lassen. Jakob Weinert war ein gesunder junger Mann. Er war Nichtraucher und es gibt keinerlei Anzeichen für Alkoholmissbrauch oder Drogenkonsum. Hier stehen aber noch entsprechende Laborbefunde aus, diese dürften aber nichts anderes ergeben.

Ach, und noch etwas: Jakob Weinert hatte kurz vor seinem Tod Geschlechtsverkehr.

Wir werden jetzt den Schädel öffnen und das Gehirn untersuchen, um Sicherheit bezüglich der Todesursache zu erlangen."

Alle vier begaben sich wieder in den Sektionsraum. Der Pathologiegehilfe hatte bereits mit einer elektrischen Säge den Schädelknochen durchtrennt und die Schädeldecke abgenommen. Behutsam entfernte nun Dr. Bruns das Gehirn. Auch dieses kam in eine spezielle Schale und wurde anschließend mit Lupe und Mikroskop untersucht.

Nach relativ kurzer Zeit stellte Dr. Bruns fest: „Todesursache ist eindeutig die Verletzung am Hinterkopf. Hier sind Knochensplitter in das Kleinhirn eingedrungen, was den Ausfall lebenswichtiger Funktionen wie Atmung und Blutkreislauf zur Folge hatte. Der Tod dürfte unmittelbar eingetreten sein. Bezüglich des Zeitpunktes kann ich sagen, dass dieser am gestrigen Tag nach 15:00 Uhr liegt. Da der Tote bekanntlich noch vor 18:00 Uhr gefunden wurde, muss er innerhalb der dazwischenliegenden drei Stunden gestorben sein.

Die Untersuchung von Ayla Abakay werden wir heute Nachmittag vornehmen. Darf ich sie alle drei jetzt zum Essen in unsere Kantine einladen, oder ist ihnen der Appetit vergangen?"

„Na, eine andere Umgebung wäre jetzt schon gut", antwortete Kommissarin Bernd. „Und etwas in den Magen zu bekommen, sicher auch. Heute Nachmittag kann es doch nicht schlimmer werden."

Die anderen waren einverstanden und alle begaben sich nach oben.

14.

Montag, 13. September, 10:30 Uhr

Hauptkommissarin Melanie Forstmann, ihre Kollegen Oberkommissarin Vera Ohlert und Hauptkommissar Kurt Kunze waren auf dem Weg zum Dieburger Friedrich-Schiller-Gymnasium. In ihrer Begleitung befand sich die siebzehnjährige Anja Reichert.

In der Schule angekommen wurden sie nach ihrer telefonischen Anmeldung bereits vom Direktor, Studiendirektor Hartwig, erwartet. Anja ging zu ihrer Klasse und die drei Polizisten wurden vom Direktor in sein Büro gebeten. Seine erste Frage lautete: „Stimmt es, dass Ayla Abakay und Jakob Weinert tot sind. Die Nachricht hat sich heute früh wie ein Lauffeuer hier ausgebreitet."

Kommissarin Forstmann stellte zunächst sich und die beiden anderen Kriminalisten vor und fragte etwas verwundert zurück: „Woher stammt denn diese Information?"

Es stellte sich heraus, dass sich Elias Weinert heute noch vor Schulbeginn bei der Sekretärin entschuldigt und dies mit dem Tod seines Bruders und dessen Freundin begründet hatte. Außerdem hatte er seinen Freund informiert.

Melanie Forstmann übernahm wieder die Gesprächsführung: „Ja, es ist leider richtig.

Am gestrigen Nachmittag wurden Ayla und Jakob bei der THOMASHÜTTE in der Nähe von Eppertshausen tot aufgefunden. Nach Lage der Dinge gehen wir von Fremdverschulden aus. Wir möchten von Ihnen", dabei sah sie Oberstudienrat Hartwig an, „alle Informationen haben, die sie uns zu den beiden geben können. Anschließend möchten wir gern mit ihren Kollegen sprechen. Vielleicht können Sie alle in der nächsten Pause zusammenrufen. Danach will sich meine Kollegin Ohlert mit den Schülerinnen und Schülern der Klasse 12B – das ist doch die von Ayla? – unterhalten. Hauptkommissar Kunze würde gern das Gleiche mit den Schülern der Leistungskurse Mathematik und Informatik tun. Zum Schluss möchte ich mich noch mit Studienrat Sperling unterhalten. Ich hoffe, das alles wird problemlos möglich sein."

„Kollege Sperling ist nicht im Haus, er hat heute keinen Unterricht", lautete die Antwort. „Alles andere wird sich einrichten lassen. Nachher, um 12:00 Uhr ist große Pause. Ich werde veranlassen, dass alle Mitglieder des Lehrkörpers ins Lehrerzimmer kommen. Ab 12:30 Uhr können dann die Gespräche mit den Schülern stattfinden. Sie gestatten, dass ich die entsprechenden Anordnungen treffe."

Direktor Hartwig verließ sein Büro und sprach im Vorzimmer mit seiner Sekretärin. Nach wenigen Minuten war er zurück.

„Das Ganze kann wie geplant ablaufen," lautete seine Aussage. „Aber sagen Sie mir bitte doch, wie es dazu kam, dass Ayla und Jakob tot sind?"

Kommissarin Forstmann antwortete: „Leider wissen wir selbst noch nicht allzu viel. Die beiden waren ein Paar und Suizid oder Unfall scheiden als Todesursache aus. Derzeit ermitteln wir in alle Richtungen, wie es immer so schön heißt. Noch kennen wir niemanden, der ein Interesse am Tod der beiden gehabt haben könnte."

Im Verlauf des weiteren Gesprächs erfuhren die Kommissare, dass Jakob Weinert ein sehr guter Schüler war, der sein Abitur sicher mit Bestnote bestanden hätte. Er war der Schülersprecher seines Jahrgangs und bei seinen Mitschülern hoch angesehen. Seine Lieblingsfächer waren Mathematik und Informatik, auf diesem Gebiet hat er auch seine berufliche Zukunft gesehen. Er hatte erfolgreich ein Praktikum in einer angesehenen IT-Firma absolviert und mit dieser schon einen Vorvertrag über ein duales Studium abgeschlossen. Eine bezahlte Berufsausbildung mit parallelem Studium sei für ihn sehr günstig gewesen, zumal seine Eltern nicht sonderlich begütert sind.

Über Ayla Abakay konnte der Direktor sagen, dass auch sie eine sehr gute, fleißige und künstlerisch begabte Schülerin war. Sie hätte die Absicht gehabt, Germanistik und Kunst zu studieren. Dass sie Probleme mit ihrem durch türkische Traditionen geprägten Elternhaus hatte, war der Schulleitung bekannt, aber die Notwendigkeit, vermittelnd einzugreifen, habe es nicht gegeben.

Es war kurz nach 12:00 Uhr. Im Lehrerzimmer waren die drei Kriminalisten und alle Lehrerinnen und Lehrer des Friedrich-Schiller-Gymnasiums, so sie im Haus waren, versammelt. Studiendirektor Hartwig ergriff das Wort: „Liebe Kolleginnen und Kollegen, ich habe Sie aus einem sehr traurigen Anlass hierher gebeten: Zwei unserer Schüler, Ayla Abakay und Jakob Weinert sind tot. Die Kriminalpolizei ermittelt. Ich übergebe das Wort an Hauptkommissarin Forstmann, die uns sichere nähere Auskünfte geben kann."

Im Raum herrschte zunächst Totenstille, keiner der Anwesenden fand Worte.

Dann begann die Kommissarin ihren Bericht. Sie sagte, dass Ayla Abakay und Jakob Weinert am gestrigen Nachmittag als Liebespaar tot aufgefunden wurden, und zwar bei der THOMASHÜTTE in Eppertshausen.

Suizid oder Unfall könne man ausschließen, einen konkreten Verdacht, wer für den Tod der beiden verantwortlich sei, gäbe es noch nicht.

Melanie Forstmann redete weiter: „Wenn einer oder einem von Ihnen in den letzten Tagen etwas Ungewöhnliches im Verhalten der Getöteten oder in deren Umfeld aufgefallen ist, lassen Sie uns das bitte wissen. Auch Kleinigkeiten können wichtig sein. Sie können mich oder unsere Abteilung jederzeit erreichen, ich hinterlasse unsere Telefonnummern im Sekretariat. Meine Kollegen, Oberkommissarin Ohlert und Hauptkommissar Kunze werden auch noch einige Zeit hier in der Schule sein, um einige Befragungen durchzuführen. Wir hoffen auf Ihre Mithilfe und sind zuversichtlich, den Fall recht bald aufklären zu können. Danke für Ihre Aufmerksamkeit."

Es setzte ein allgemeines Stimmengewirr ein, das von großer Betroffenheit und einer gewissen Ratlosigkeit geprägt war

Schließlich ergriff Direktor Hartwig wieder das Wort: „Liebe Kolleginnen und Kollegen, ich weiß, es ist nicht leicht, aber wir werden jetzt den normalen Schulbetrieb fortsetzen.

Bitte informieren Sie die Schüler, bei denen Sie anschließend Unterricht haben, über den traurigen Vorfall. Wir werden morgen bei Schulbeginn in der Aula eine kurze Gedenkfeier veranstalten. Außerdem werden wir im Flur vor dem Lehrerzimmer eine Gedenkecke mit Bildern der beiden einrichten. Dort können dann auch Blumen abgelegt werden. Die Klasse 12B hat jetzt Deutsch bei ihrer Klassenlehrerin. Das trifft sich gut. Oberkommissarin Ohlert wird mitkommen, sie möchte Mitschülerinnen und -schüler von Ayla befragen.

Alle Teilnehmer der Leistungskurse Mathematik und Informatik treffen sich im Raum 203. Dort kann sich Hauptkommissar Kunze mit ihnen unterhalten."

Die Versammlung löste sich auf und die drei Polizisten besprachen sich nur kurz miteinander. Sie legten fest, dass Vera Ohlert und Kurt Kunze nach dem Ende der Befragungen zur Dienststelle zurückfahren und die Ergebnisse protokollieren würden. Melanie Forstmann beabsichtigte, sich im Sekretariat die Adresse von Studienrat Sperling geben zu lassen und diesen zu Haus aufsuchen. Kurz vor der für 17:00 Uhr angesetzten Beratung der SOKO wollte man sich zusammensetzen und die gewonnen Erkenntnisse zusammenfassen.

Wenige Minuten vor 13:00 Uhr stieg Hauptkommissarin Forstmann vor einem relativ neuen Einfamilienhaus in der Frauenstraße am westlichen Stadtrand von Dieburg aus ihrem Dienstwagen. Der durch einen Stahlgitterzaun umgrenzte Vorgarten machte einen sehr gepflegten Eindruck. Die Pforte war verschlossen. Ein Klingelschild zeigte den Namen *Sperling*.

Die Kommissarin klingelte, der Türsummer ertönte und in der Haustür erschien eine junge Frau, hinter der ein etwa fünfjähriger Junge neugierig hervorlugte.

Melanie Forstmann wies sich aus und sagte, dass sie dringend mit Herrn Sperling sprechen müsse.

„Mein Mann ist nicht zu Hause, er ist sicher wieder einmal mit seinen Vogelgeschichten unterwegs", lautete die Antwort, aus der eine leichte Verbitterung herauszuhören war.

Worum es denn gehen würde, wollte Frau Sperling wissen. Die Kommissarin antwortete: „Ihr Mann ist doch Lehrer am Friedrich-Schiller-Gymnasium. Gestern wurden zwei Schüler dieser Schule tot aufgefunden. Bitte richten Sie Ihren Mann aus, dass er sich umgehend mit uns in Verbindung setzen soll." Sie übergab ihre Visitenkarte und verabschiedete sich, um zurück ins Präsidium zu fahren.

15.

Montag, 13. September, 13:30 Uhr

Auf dem Parkplatz des Zentrums für Rechtsmedizin Frankfurt stellte Kriminalhauptkommissar Lutz Waski seinen Dienstwagen
ab und ging zusammen mit seinem Begleiter,
Herrn Affan Abakay, ins Gebäude. Dessen
Frau hatte darauf verzichtet, ihre tote Tochter unter diesen Umständen zu sehen.

Lutz hatte vorher noch die Familie Hausmann besucht. Von dem verschwundenen
Ben gab es immer noch keine Spur. Die Kollegen, die die Telefone überwachten, hatten
auch keinerlei Signal von möglichen Entführern erhalten. Uwe Hausmann und seine
Frau Lydia waren völlig verzweifelt und ließen sich kaum trösten, wobei Lutz meinte,
solange nicht das Gegenteil erwiesen sei,
gehe er davon aus, dass Ben am Leben ist.

Danach war Lutz kurz zuhause gewesen,
hatte seine Frau und die Schwiegereltern begrüßt und eine Kleinigkeit zu Mittag gegessen.
Sein Sohn Tobi war noch in der Kita und
die Kleine hatte geschlafen.
Man wollte natürlich wissen, was es Neues
im Fall der beiden Toten gäbe und wie die
Suche nach Ben verlaufen sei. Lutz konnte
wenig sagen und seine Frau Steffi meinte,

dass sie nachher bei Lydia, mit der sie recht gut befreundet ist, vorbeischauen wolle. Dies hielt Lutz für eine gute Idee.

Mit der Bemerkung, es könne am Abend wieder spät werden, ist er wieder losgefahren. In Münster hat er den Vater von Ayla abgeholt und beide haben den Weg nach Frankfurt eingeschlagen.

Im Sektionsraum II des gerichtsmedizinischen Institutes wurden die beiden Männer von Dr. Bruns begrüßt. Dieser forderte seinen Assistenten auf, die Bahre mit der toten Ayla Abakay aus dem Kühlfach zu holen. Dann bat er deren Vater an das Kopfende, schlug das Tuch zurück, das vorher den gesamten Körper verhüllt hatte, und fragte: „Herr Abakay, ist das Ihre Tochter?"

Affan Abakay ging ganz nah heran, strich dem toten Mädchen leicht über den Kopf und antwortete: „Ja, das ist unsere Ayla."

An Kommissar Waski gewandt fragte er dann: „Können Sie mir bitte genauer sagen, was passiert ist?"

Lutz Waski antwortete: „Ja, wir können uns gleich unterhalten. Bitte folgen Sie dem Sektionsgehilfen in den Nebenraum, ich komme gleich nach. Vorher will ich noch ein paar Worte mit Dr. Bruns wechseln."

Tieftraurig und sehr in sich gekehrt verließ Aylas Vater zusammen mit dem Sektionsgehilfen den Raum.

Dr. Bruns informierte danach in Kürze Kommissar Waski über das Ergebnis der Autopsie von Jakob Weinert. Dabei stellte der Gerichtsmediziner fest: „Mord oder auch Totschlag können wir ausschließen. Die Obduktion hat eindeutig den Befund ergeben: *Schwere Körperverletzung mit Todesfolge.*"
Es wurde dann vereinbart, dass Dr. Bruns mit der Obduktion der Ayla Abakay beginnt, wieder im Beisein der gleichen Personen wie am Vormittag. Lutz Waski wollte sich ausführlich mit Herrn Abakay unterhalten und diesen dann auf seinem Weg ins Präsidium zuhause absetzten.

Der Kommissar ging in den Nebenraum und setzte sich zum Vater der Toten. Dieser sah ihn erwartungsvoll an und fragte: „Wie und warum ist meine Ayla zu Tode gekommen?"
Lutz Waski antwortete: „Herr Abakay, wir haben Ihnen bereits gestern gesagt, dass zusammen mit Ihrer Tochter auch ein junger Mann ums Leben gekommen ist. Inzwischen wissen wir sicher, dass es sich dabei um den festen Freund von Ayla handelt. Die beiden hatten sich schon vorher einige Male in dem

Kämmerchen bei der THOMASHÜTTE getroffen und sich auch körperlich geliebt."

Hier reagierte Aylas Vater sehr heftig und unwirsch: „Das ist unmöglich. Wir hatten festgelegt, dass Ayla nach dem Abitur die Ehe mit ihrem Großcousin Armin eingeht, selbstverständlich als Jungfrau."

„Ich muss Sie enttäuschen", antwortete Lutz Waski. „Ayla war keine Jungfrau mehr und sie und ihr Freund wollten am kommenden Sonnabend heiraten."
Affan Abakay sprang auf: „Das hätte ich nie und nimmer erlaubt!"

„Setzen Sie sich bitte wieder", wurde er vom Kommissar aufgefordert. „Ihre Tochter war seit einer Woche volljährig. Nach deutschem Recht konnte sie damit ganz allein entscheiden, wann und wen sie heiraten würde. Von diesem Recht hatte Ayla offensichtlich Gebrauch gemacht. Jedenfalls war das Aufgebot für ihre Vermählung mit Jakob Weinert für kommenden Sonnabend bestellt. Kannten Sie denn den jungen Mann wirklich nicht?"

Affan Abakay blieb eine ganze Weile stumm, dann sagte er mit leiser Stimme:
„Das soeben Gehörte muss ich erst einmal verdauen, es erscheint mir unglaublich.

Wir haben Ayla doch streng in der Tradition unserer Familie und im Glauben an Allah und seine Gesetze erzogen. Was haben wir bloß falsch gemacht? Aber die Schuld liegt sicher beim Verführer unserer Tochter.

Zu Ihrer Frage: Ich kannte den jungen Mann nicht. Vor ein paar Wochen hatte ich Ayla in Begleitung eines Jungen gesehen, ziemlich eng umschlungen. Als ich sie darauf zur Rede stellte, hat sie gesagt, das wäre nur ein Schulkamerad gewesen. Vielleicht war dies ihr Freund. Nun hat Allah beide bestraft und wir müssen damit leben."

Kommissar Waski antwortete: „Herr Abakay, machen Sie es sich mit Ihrem letzten Satz nicht zu einfach? Sie sollten bedenken, dass wir in Deutschland im 21. Jahrhundert leben und nicht in der Türkei. Ayla ist hier in unserer Gesellschaft aufgewachsen und sie war offensichtlich gut integriert und glücklich. Aber gestatten Sie mir bitte eine Frage: Was hätten Sie getan, wenn Sie von dem Verhältnis zwischen Ayla und ihrem Freund erfahren hätten?"

Die Antwort lautete: „Es wäre mir kein anderer Weg geblieben, als Ayla aus unserer Familie und unserer Gemeinschaft auszuschließen und dem jungen Mann hätten wir sicher einen Denkzettel verpasst. Aber verstehen Sie mich nicht falsch, ich kenne die Gesetze und sein Leib und Leben wären nicht in Gefahr gewesen."

Lutz Waski fragte weiter: „Sie erwähnten soeben Ihre Gemeinschaft. Nach unserem gestrigen Gespräch nehme ich an, dass dazu ihre Mitarbeiter gehören. Da wir den Tod Ihrer Tochter aufzuklären haben, – mit der Feststellung, *Allah ist schuld*, können wir uns dabei nämlich nicht begnügen – ist es erforderlich, mit allen zu reden, die sie näher kannten.
Wenn ich Sie jetzt nach Hause fahre, geben Sie mir bitte eine Liste aller Mitarbeiter und ich will versuchen, mit so vielen wie möglich von denen zu reden."

„Ich werde nicht mit Ihnen fahren", erklärte Herr Abakay. „Ich nehme ein Taxi und fahre zu unserem Imam. Es müssen alle Fragen geklärt werden, die mit der Bestattung unserer Tochter zusammenhängen. Insbesondere, ob Ayla noch zu unserer Familie gehört, oder nicht. Ich werde aber meinen Sohn anrufen. Eren ist heute im Büro und kann Ihnen die gewünschten Auskünfte sicher erteilen."

Damit verabschiedete sich Aylas Vater von Lutz Waski und strebte dem Ausgang zu.

Kurz vor 16:00 Uhr hielt Hauptkommissar Waski in der Apfelgasse 7 in Münster vor der Gebäudereinigung Abakay. Eren hatte ihn bereits erwartet und die beiden gingen ins Büro. Dort lag bereits eine Liste mit den Namen aller 18 Mitarbeiter bereit. Der Kommissar überflog diese und sagte: „Eren, auf Grund der türkischen Vornamen kann ich nicht auf Anhieb erkennen, was hier Männer und was Frauen sind. Mich interessieren vorerst die männlichen Mitarbeiter."

Der so Angesprochene erklärte, dass sie insgesamt sieben Männer seien, nämlich er und seine zwei Freunde, mit denen er gestern unterwegs gewesen sei, sowie vier weitere Personen.

Lutz Waski bat darum, mit allen sprechen zu können.

„Das wird so schnell nicht gehen", erklärte Eren Abakay. „Unsere Leute sind alle bei der Arbeit, und zwar an unterschiedlichen Orten hier im Kreisgebiet."

Kommissar Waski forderte, dass sich alle diese sechs Personen um 18:00 Uhr bei ihm im Präsidium einzufinden hätten.

„Sie wissen ja, wo das ist," sagte er zu Eren. „Wie gut haben diese Leute eigentlich Ayla gekannt? Könnten sie etwas von der Verbindung zwischen ihr und Jakob Weinert gewusst oder geahnt haben?"

119

Eren meinte, dass er dies im Gespräch mit seinen beiden Freunden sicher einmal erwähnt habe. „Mit den vier anderen", setzte er fort, „hatte ich kaum private Kontakte. Sie waren mir zu engstirnig und meinem Vater zu sehr hörig."

Mit der nochmaligen Forderung, dass er die sechs männlichen Mitarbeiter pünktlich in der RKI Darmstadt erwarte, verabschiedete sich Lutz Waski und fuhr ins Kommissariat.

16.

Montag, 13. September, 17:00 Uhr

Alle Mitglieder der SOKO *Thomashütte* hatten sich pünktlich in großen Beratungsraum des Kommissariats K 10 eingefunden.
Hauptkommissar Waski eröffnete die Beratung und bat zunächst Kommissarin Gisela Bernd, die Ergebnisse der Obduktionen von Jakob Weinert und Ayla Abakay darzulegen. Die Kommissarin berichtete, dass Jakob Weinert eindeutig durch eine schwere Verletzung am Hinterkopf, die er sich mit hoher Wahrscheinlichkeit bei einem Sturz gegen ein eisernes Maschinenteil zugezogen hatte, zu Tode gekommen war. Vorher habe es einem Kampf gegeben, bei dem ein Schlag mit einem Hammer gegen die Stirn zur Bewusstlosigkeit geführt haben dürfte. Der Hammer war sichergestellt worden, die anhaftenden Blutreste konnten Jakob Weinert zugeordnet werden. „Wir müssen also", führte Kommissarin Bernd aus, davon ausgehen, dass *Schwere Körperverletzung mit Todesfolge* vorliegt. Von wem und warum der Junge angegriffen wurde, wissen wir noch nicht.
Unter den Fingernägeln des Toten wurden aber fremde Hautreste gefunden, aus denen derzeit die DNA des Angreifers bestimmt wird.

Nun zu Ayla Abakay: Sie stand, als eine Person sie von hinten gewürgt hat. Dies hat aber nicht direkt zum Tod geführt. Todesursache war eindeutig akutes Herzversagen. Ayla litt unter einem angeborenen Herzfehler, der ihr vielleicht nicht einmal bekannt war. In der akuten Stresssituation hat aber ihr Herz einfach aufgehört, zu schlagen.
Dr. Bruns hat uns zugesagt, die schriftlichen Berichte umgehend zu schicken."

Kommissar Waski bedankte sich bei Gisela Bernd und erkundigte sich sodann bei Hauptkommissarin Leitner nach dem Stand der Dinge im Fall des verschwundenen Ben Hausmann.
Leider hatte es hier keinerlei neue Entwicklungen gegeben.

Als nächstes informierte Lutz Waski alle Anwesenden über seine Gespräche mit Affan Abakay und dessen Sohn Eren.
Lutz Waski sprach weiter: „Der Vater von Ayla wirkte echt überrascht, als ich ihm die Intimität des Verhältnisses seiner Tochter zu Jakob Weinert schilderte. Er hat aber auch gesagt, wenn er davon gewusst hätte, wäre Ayla aus der Familie ausgestoßen worden und Jakob hätte man eine Abreibung verpasst. Hier gilt es einzuhaken. Die Mitarbeiter der Firma Abakay scheinen eine ver-

schworene, vom Islam geprägte Gemeinschaft zu bilden. Es kann sein, dass einige
Mitglieder dieser Gemeinschaft von der Beziehung zwischen Ayla und Jakob Kenntnis
erlangt und ohne Wissen des Alten beschlos-
sen hatten, dem Verführer einen Denkzettel
zu verpassen. Dann ist die Sache aus dem
Ruder gelaufen. Aylas Bruder Eren hat Jakob gekannt und auch mit zwei Freunden
darüber gesprochen. Die drei scheiden aber
als Täter aus. Sie waren gestern Nachmittag
mit ihren Motorrädern unterwegs. Die Angaben, die Eren mir gegenüber gemacht hat,
wurden geprüft. Nach dem Gespräch hatte
ich, in Abstimmung mit dem Chef, Oberkommissar Uli Schneider vom K23 gebeten,
dies zu erledigen. Wie er mir vorhin gesagt
hat, wurden die drei Mädchen, die mit im
Odenwald unterwegs waren, unabhängig
voneinander befragt und es gab auch einen
Anruf bei dem Lokal in Hirschhorn. Eren
und seine beiden Freunde haben also für
Sonntagnachmittag Alibis. Von Eren weiß
ich, dass in der Firma insgesamt sieben Männer beschäftigt sind. Eren, seine beiden
Freunde und vier weitere Personen. Diese
konnte ich noch nicht sprechen, habe sie
aber zusammen mit den beiden Freunden für
18:00 Uhr hierher bestellt. Sie müssen dann
gründlich befragt werden. Sollte es sich her-

ausstellen, dass einer oder mehrere von ihnen gestern in der Nähe der THOMAS-HÜTTE gewesen sein könnten, hat natürlich die Frage nach dem Verbleib von Ben Hausmann absoluten Vorrang. Wir werden diese Leute separat befragen. Ich lege nachher noch fest, wer von uns das übernehmen wird.

Nun wollen wir aber hören, was der Besuch im Friedrich-Schiller-Gymnasium ergeben hat. Melanie, Sie haben das Wort."
Hauptkommissarin Melanie Forstmann berichtete wie sie und ihre Kollegen, Oberkommissarin Vera Ohlert und Hauptkommissar Kurt Kunze, vom Direktor des Gymnasiums, Studiendirektor Hartwig, freundlich empfangen wurden und schilderte die Zusammenkunft mit dem Kollegium. Die große Betroffenheit aller über den plötzlichen Tod von zwei ihrer Schüler sei deutlich zu spüren gewesen. Dann übergab sie das Wort an ihre Kollegin Ohlert, die über ihr Treffen mit Aylas Mitschülern folgendes zu sagen wusste: „Zusammen mit der Deutschlehrerin, die auch die Klassenlehrerin ist, betrat ich den Raum der 12B. Es war schon ein seltsames Gefühl, von achtzehn Augenpaaren erwartungsvoll angesehen zu werden. Von Aylas Freundin Anja wussten alle, dass ihre Klassenkameradin tot war. Den deutlich

geäußerten Wunsch, mehr darüber zu erfahren, konnte ich aber leider nicht entsprechen. Vielmehr war ich es, die Informationen wollte. Es entwickelte sich eine längere Unterhaltung, in deren Verlauf ich aber nichts erfuhr, was wir nicht schon von Anja Reichert wussten. Ayla war allgemein beliebt und dass sie mit Jakob Weinert von der Dreizehnten ging, war den meisten bekannt.

Ich habe dann noch gezielt nach einem *Spatz* gefragt. Einhellig bekam ich zu hören, dass dies der Spitzname von Studienrat Sperling sei. Es wurde gesagt, dass dieser ein guter Lehrer wäre und allgemein beliebt sei. Nach dem Ende der Veranstaltung, als die normale Deutschstunde beginnen sollte, kam vor der Tür noch eine Schülerin zu mir und sagte, wir sollten uns doch einmal um die vom *Spatz* geleitete Arbeitsgemeinschaft *Heimische Vogelarten* kümmern, sie hätte gehört, da würde etwas nicht stimmen. Genaueres konnte oder wollte sie aber nicht sagen."

Als nächster ergriff Hauptkommissar Kurt Kunze das Wort. „Ich habe mit den Teilnehmern der Leistungskurse Mathematik und Informatik gesprochen. Dies waren 5 Mädchen und 19 Jungen, wobei 18 Schüler zu beiden Kursen gehörten. Natürlich waren alle sehr betroffen vom Tod Jakob Weinerts.

Dieser war sehr beliebt und seine Meinung galt etwas. Er war übrigens einstimmig zum Sprecher des dreizehnten Jahrgangs gewählt worden. Hinweise, die uns weiterhelfen könnten, habe ich aber nicht erhalten. Seine enge Beziehung zu Ayla Abakay war allgemein bekannt und wurde neidlos akzeptiert. Mit Olaf Gruber, der sagte, dass er ein enger Freund von Jakob gewesen war, habe ich mich anschließend noch etwas länger unterhalten.

Olaf meinte, sein Freund hätte Hinweise gehabt, dass es in der Arbeitsgemeinschaft *Heimische Vogelarten* zu sexuellen Übergriffen gekommen sei. Jakob hätte dafür Beweise und wollte wohl *Spatz*, also Studienrat Sperling, der diese AG leitet, zur Rede stellen. Genaueres konnte mir aber Olaf Gruber nicht sagen. Ich denke, wir müssen dringend mit diesem Lehrer reden."

„Das hatte ich vor", nahm Kommissarin Forstmann wieder das Wort. „Da Studienrat Sperling heute keinen Unterricht hatte und nicht in der Schule war, bin ich nach dem Gespräch mit dem Direktor zu *Spatz* nach Hause gefahren. Es waren aber nur seine Frau und ein vielleicht fünfjähriges Kind da. Ich habe der Frau gesagt, dass sich ihr Mann dringend mit uns in Verbindung setzen soll und meine Visitenkarte hinterlassen. Ich hoffe, Studienrat Sperling meldet sich bald bei uns."

Während der Ausführungen von Kurt Kunze hatte Hauptkommissar Stefan Ring, der IT-Spezialist der KTU, den Beratungsraum betreten. Nachdem Kommissarin Forstmann geendet hatte, nahm er das Wort: „Kollegen, es gibt interessante Neuigkeiten. Nachdem wir den Laptop von Ayla Abakay bereits gestern Abend erhalten hatten, wurde uns das Gerät von Jakob Weinert heute früh gebracht. Über die wichtigsten Inhalte des Laptops von dem Mädchen hatte Kollege Goebel heute früh informiert. Der Laptop von Jakob Weinert bereitete uns zunächst auch keine große Mühe. Das Passwort konnten wir relativ einfach knacken. Es zeigte sich, dass Aufbau und Inhalte sehr ähnlich waren, wie bei Ayla. Die Speicher beider Geräte waren gut strukturiert, hier erkannte man die Handschrift des künftigen IT-Studenten. Auf seinem Laptop gab es aber einen Ordner mit den Namen *Spatz*, zu dem wir auf Anhieb keinen Zugang fanden. Der von Jakob installierte Schutz bestand aus mehreren, ineinander verschachtelten und mit der aktuellen Uhrzeit verbundenen Passwörtern, die in der richtigen Reihenfolge mit definiertem Zeitabstand einzugeben waren. Um dieses Problem zu lösen und den Ordner letztlich öffnen zu können, mussten wir Spezialisten vom LKA hinzuziehen. Na. schließlich war das geschafft. Zwei Dateien halten wir für bedeutsam. Die eine beinhaltet ein Bild und die andere einen Text. Ich werde beides jetzt zeigen:"

Kommissar Ring machte sich kurz an seinem Laptop zu schaffen, stellte ein paar Anschlüsse her und auf der im Beratungsraum vorhandenen Leinwand erschien ein Bild. Dies zeigte ein Paar beim Geschlechtsverkehr. Der Mann lag unten, sie oben. Beide Gesichter waren gut zu erkennen.

Die Bildunterschrift lautete: *Tina & Spatz*.

Als nächstes erschien folgender Text:

Sehr geehrter Herr Studienrat Sperling,
als Schülersprecher wurde ich von der Existenz des obigen Bildes in Kenntnis gesetzt. Ich weiß, dass Tina volljährig ist, aber sie ist Ihre Schülerin und Sie sind verheiratet. Außerdem sind mir Gerüchte über gewisse Vorkommnisse in der von Ihnen geleiteten AG HEIMISCHE VOGELARTEN zugetragen worden. Über all dies möchte ich gern mit Ihnen reden und bitte um einen Termin.
Mit freundlichen Grüßen, Jakob Weinert

Hauptkommissar Ring schaltete nach geraumer Zeit die Projektion aus und bemerkte: „Wir konnten feststellen, dass dieser Text ausgedruckt wurde, haben aber keinen Hinweis gefunden, dass man ihn als E-Mail versendet hat."

Lutz Waski erhob sich, dankte Kommissar Ring und sagte. „Kollegen, das soeben Gehörte und Gesehene liefert einen völlig neuen Aspekt. Es kann nicht ausgeschlossen werden, dass Studienrat Sperling eine ihm gefährlich werdende Person beseitigt hat oder beseitigen ließ. Vielleicht hat Jakob Weinert auch eine Erpressung versucht, obwohl ich ihm das eigentlich nicht zutraue, nach allem was wir bisher über ihn wissen. Sei es, wie es sei: Studienrat Sperling alias Spatz muss schleunigst vernommen werden. Da es auch um Ben Hausmann geht, ist hier keine Zeit zu verlieren. Außerdem müssen wir uns mit dieser Tina unterhalten. Ich denke, die KTU kann uns einen Bildausschnitt zur Verfügung stellen, auf dem nur ihr Kopf zu sehen ist. Damit dürfte Anja Reichert leicht das Mädchen erkennen."
Kommissar Ring unterbrach. Er hatte etwas in der Hand und sagte: „Die Bilder sind bereits fertig, hier sind sie."

„Gut," setzte Lutz Waski seine Rede fort: „Wir gehen folgendermaßen vor:

- Jetzt, nach Ende der Beratung sind die vier Mitarbeiter der Reinigungsfirma Abakay zu befragen. Ich bitte Kommissarin Gisela Bernd, Hauptkommissar Kurt Kunze, Hauptkommissarin Margot Leitner und Oberkommissar Ali Durmaz diese Aufgabe zu übernehmen. Geeignete Protokollanten mögen sie aus den Reihen unserer uniformierten Kollegen auswählen. Worauf es ankommt, dürfte klar sein. Wir wollen wissen, wo jeder einzelne gestern Nachmittag war und was er über Ayla Abakay wusste.
- Kollegen Ralf Kleinert bitte ich, sich mit den zwei Freunden von Eren Abakay zu unterhalten. Wir wollen erfahren, wie gut sie Ayla kannten und was sie über diese wissen.
- Hauptkommissarin Forstmann bitte ich, diese Tina ausfindig zu machen und sich ausführlich mit ihr zu unterhalten. Dabei ist auch in Erfahrung zu bringen, wer alles zu dieser AG *Heimische Vogelarten* gehört.
- Ich selbst werde mich um Studienrat Sperling kümmern und bitte Oberkommissarin Ohlert mich zu begleiten."

Kommissar Waski beendete die Beratung mit den Worten: „Wenn sich nichts Außergewöhnliches ereignet, treffen wir uns hier wieder um 20:30 Uhr."

Bevor er sich zusammen mit seiner Kollegin Ohlert anschickte, Studienrat Sperling aufzusuchen, ging er zu seinem Chef, Kriminalrat Torsten Haase, und erstattete ausführlich Bericht.

17.

Lutz Waski und seine Kollegin Vera Ohlert stiegen vor dem Haus der Familie Sperling aus ihrem Auto und klingelten am Gartentor. Frau Sperling öffnete und ließ die beiden Beamten nach den Worten *Mein Mann ist nicht zuhause* kurz eintreten. Waski sagte: „Frau Sperling, Sie wissen bereits von meiner Kollegin Forstmann, dass zwei Schüler des Friedrich-Schiller-Gymnasiums ums Leben gekommen sind. In dieser Angelegenheit müssen wir ganz dringend mit Ihrem Mann sprechen. Haben Sie ihm nicht ausgerichtet, dass er sich bei uns melden soll?"

„Natürlich habe ich das", antwortete leicht empört Frau Sperling. „Mein Mann war vorhin, also vor etwa zwei Stunden, kurz hier und ist, nachdem ich ihm die Aufforderung der Polizei ausgerichtet habe, ziemlich überstürzt weggefahren. Ich habe gedacht, er wollte zu Ihnen."

„Bei uns hat er sich bisher nicht gemeldet", nahm Vera Ohlert das Wort. „Wo könnte Ihr Mann denn sein? Gibt es Freunde oder Bekannte, bei denen er sich aufhalten könnte? Hat er andere dringende Termine? Können Sie ihn über sein Handy erreichen?"

„Sein Handy liegt hier, das hat er wohl in der Eile vergessen. Vielleicht ist er zu seiner Vogelhütte gefahren", antwortete Frau Sperling. „Sie müssen wissen, mein Mann ist ein ausgesprochener Vogelnarr und seine Begeisterung für unsere heimischen Vögel geht weit über sein berufliches Interesse als Biologielehrer hinaus. Manchmal denke ich, seine Vögel sind ihm wichtiger als ich. Wenn Sie die Herrenstraße weiter in den Wald fahren, das ist für private Fahrzeuge verboten, aber sie dürfen das sicher, dann kommen sie zum Naturfreundehaus. Etwa 50 Meter entfernt davon steht eine Holzhütte. Das ist das Domizil für die Vogelbeobachtung. Hier befinden sich Mikrofone, Kameras und die ganze Aufnahmetechnik. Es könnte sein, dass sie Friedhelm dort finden. Ich mache mir langsam Sorgen um meinen Mann. Soll ich mitkommen? Da müsste ich aber den Kleinen kurz zur Nachbarin bringen."

„Danke, das ist nicht nötig", beschied Kommissar Waski.

Mit dem Versprechen, sich zu melden, wenn ihr Mann gefunden sei, verabschiedeten sich die Polizisten und fuhren in den Wald.

Fünfzehn Minuten später standen Lutz Waski und Vera Ohlert vor einer ansehnlichen Blockhütte mit den Ausmaßen von etwa sieben mal sieben Meter. Die Tür war verschlossen und alle Fenster mit Läden auch. In der Nähe stand auch kein Fahrzeug. Die Polizisten gingen um das Haus herum und beratschlagten, wie sie am besten hineingelangen könnten.

Plötzlich hörten sie Motorengeräusche und sahen Kommissarin Forstmann mit ihrem Auto kommen. Melanie hielt, stieg aus und mit ihr eine junge Frau. Beide kamen auf die sie erwartungsvoll ansehenden Beamten zu und Melanie Forstmann sagte. „Darf ich vorstellen, dies ist Tina Seifert. Ihr kennt sie ja schon von dem Foto, diesmal hat sie allerdings etwas an."

Tina Seifert wurde rot und sagte: „Ich muss hier etwas erklären, was ich schon gegenüber ihrer Kollegin getan habe. *Spatz*, also Friedhelm Sperling ist mein Lehrer und schon von der neunten Klasse an, als wir erstmals Unterricht bei ihm hatten, war ich in ihm verliebt. Natürlich wurde ich auch Mitglied der AG *Heimische Vogelarten*. Wir haben die Tiere beobachtet, Nistkästen angebracht und viele Ton- und Videoaufnahmen gemacht. Ein Video, das von einer Kamera direkt im Nest eines Uhu-Pärchens aufgenommen wurde, hat sogar der Hessische Rundfunk erworben. Wussten sie, dass unsere Blaumeisen von einer Seuche bedroht waren und dass sich die Population jetzt nur langsam wieder erholt?

Unsere Aufnahmegräte und die Ergebnisse unserer Tätigkeit befinden sich hier in der Hütte. In dieser haben auch unsere Zusammenkünfte stattgefunden. Vor mehr als zwei Jahren hatte mich dann *Spatz* nach einer solchen gebeten, noch zu bleiben. Da haben wir dann zum ersten Mal miteinander geschlafen. Ich war glücklich. Die Sache hat sich wiederholt, aber dann habe ich erfahren, dass ich nicht das einzige Mädchen aus unserer AG war, mit dem *Spatz* schlief. Als ich ihn darauf ansprach, sagte er, man könnte doch auch einmal zu dritt Spaß haben. Das geschah in der Folge auch mehrere Male. Später, wieder nach einer AG-Versammlung, waren dann noch drei Mädchen von uns und zwei Jungen, die ich vorher nicht gekannt habe, dabei. Es gab Alkohol und vielleicht auch Drogen, jedenfalls wurde das Ganze eine wilde Orgie. Abwechselnd haben die Jungen und *Spatz* Fotos und Videos gemacht, wenn sie gerade nicht aktiv bei der Sache waren. *Spatz* meinte hinterher, damit könne man sicher Geld verdienen.

Mir hat das Ganze aber überhaupt nicht mehr gefallen, nur wusste ich nicht, wie ich aus der Geschichte rauskommen sollte. Da habe

ich Jakob das Foto von mir und *Spatz* zuge-
spielt."

Die drei Polizisten hatten die Ausführungen
von Tina Seifert, die sich offensichtlich eine
Last von der Seele reden wollte, mit Interesse und zunehmender Empörung zur
Kenntnis genommen.

Melanie Forstmann nahm sie in den Arm
und sagte: „Tina, es ist sehr gut, dass Sie so
freimütig berichtet haben. Kollegin Ohlert
und ich werden uns nachher noch ganz ausführlich mit Ihnen unterhalten und auch ein
Protokoll anfertigen. Jetzt müssen wir aber
dringend Ihren *Spatz* finden und auch in die
Hütte hier gelangen. Da finden sich sicher
Beweismaterialien."

„Studienrat Sperling ist nicht mehr mein
Spatz", lautete die empörte Antwort. „Wo
sie ihn finden können, weiß ich nicht, aber
ich weiß, wie wir in die Hütte kommen. Der
Schlüssel liegt in einem Versteck an der
Rückseite, ich hoffe, er ist noch dort."

Er war es und alle vier betraten die Hütte.

Gleich neben der Tür befand sich rechts eine
Toilette und links eine kleine Küche, von der
es eine Durchreiche zum Hauptraum gab.
Nachdem Lutz Waski einen Fensterladen
geöffnet hatte, konnten sich alle umsehen.

In der Mitte des Raumes stand ein rustikal
wirkender Tisch mit acht Stühlen, eine Sei-

tenwand wurde von einem Schrank mit mehreren Regalteilen eingenommen und gegenüber stand eine breite Liege. Außerdem gab es Stative mit Mikrofonen und Videokameras sowie einen großer Flachbildschirm im Raum.

„Hier haben wir uns die Aufnahmen von den Vögeln angesehen", sagte Tina Seifert, „An vielen Stellen im Wald sind Kameras installiert. Diese werden von Bewegungsmeldern gesteuert und zeichnen auf. In der AG haben wir dann die Aufnahmen ausgewertet, sie zusammengeschnitten und mit Texten versehen. Das war sehr spannend."

Kommissar Waski hatte unterdessen einige Schranktüren geöffnet und sich in den Regalen umgesehen. Er fand eine Unmenge von Datenträgern (DVD`s, USB-Sticks, Kamera-Speicherkarten), die teilweise Titel trugen, wie *Nestbau der Goldammer*, *Buntspecht bei der Arbeit, Eichelhäher auf Wacht* u.ä. Es gab aber auch viele Datenträger, die nur mit Zahlenfolgen beschriftet waren

Lutz beendete die kurze Durchsicht mit den Worten: „Hier muss die SPUSI ran, ich werde diese umgehend informieren. Von Ihnen, Frau Seifert brauchen wir die Namen der Teilnehmer an den *Gesellschaftsspielen*, vor allem die der jungen Männer."

Die etwas unbefriedigende Antwort lautete: „Die Mädchen kenne ich natürlich, aber von den beiden Jungen weiß ich nur die Spitznamen, nämlich *Wolle* und *Rüssel*."

Hauptkommissar Waski wandte sich an seine beiden Kolleginnen: „Ihr fahrt jetzt bitte mit Tina Seifert ins Präsidium und setzt die Unterhaltung von vorhin fort. Lasst euch Namen und Adressen der anderen Mädchen geben und setzt euch mit diesen in Verbindung. Wir brauchen so schnell wie möglich die Daten der beteiligten Jungen, ich brauche euch nicht zu sagen, warum.

Ich warte hier, bis die SPUSI kommt und fahre nochmals in die Frauenstraße. Eventuell finde ich im Arbeitszimmer von Studienrat Sperling irgendwelche Hinweise. Auf alle Fälle schreiben wir ihn sofort zu Fahndung aus. Das veranlasse ich von hier.

Wir sehen uns nachher zu Beratung der SOKO um 20:30 Uhr. Vielleicht schaffe ich es noch, im K34 zu fragen, ob sie mit den Namen *Wolle* und *Rüssel* etwas anfangen können. Ein *Wolle* ist mir früher schon einmal im Zusammenhang mit Drogen untergekommen."

18.

Montag, 13. September, 20:30 Uhr

Die Mitglieder der Soko *Thomashütte* hatten sich pünktlich im großen Beratungsraum des Kommissariats K10 zusammengefunden.
Der Leiter des Kommissariats K10, Kriminalrat Torsten Haase, war auch gekommen. Lediglich die Kommissarinnen Forstmann und Ohlert fehlten, sie waren noch unterwegs, um die Mädchen aus der AG *Heimische Vogelarten* zu befragen.
Hauptkommissar Lutz Waski eröffnete die Beratung und wollte als Erstes wissen, ob es etwas Neues im Fall Ben Hausmann gäbe. Das war leider nicht der Fall.

Als Nächstes wurde über die Befragungen der sechs Mitarbeiter der Gebäudereinigungsfirma ABAKAY berichtet.
Ralf Kleinert hatte sich mit den beiden Freunden von Eren Abakay unterhalten. Diese bestätigten dessen Aussage. Alle drei waren am Sonntagnachmittag mit ihren Motorrädern unterwegs. Informationen, die über das hinausgingen, was man bereits von Eren wusste, waren nicht zu erhalten.

Dann kamen Gisela Bernd, Kurt Kunze, Margot Leitner und Ali Durmaz zu Wort. Diese vier Kriminalisten hatten die jungen

Türken der Reinigungsfirma einzeln dazu befragt, wo diese am gestrigen Nachmittag gewesen waren. Es zeigte sich, dass einer von ihnen seine Oma im Krankenhaus besucht hatte, was durch einen Anruf dort bestätigt worden war. Die anderen drei hatten einhellig ausgesagt, dass sie in einer vorwiegend von Türken besuchten Gaststätte in Dietzenbach gewesen seien und sich zusammen mit vielen anderen das Fußballspiel zwischen ALTINORDU IZMIR und BEŞIKTAŞ ISTANBUL angesehen hätten. Auch diese Aussagen wurden durch einen Anruf beim Gastwirt bestätigt, der die drei als Stammgäste kannte.

Kommissar Waski stellte fest: „Die Theorie, dass Affan Abakay bzw. jemand aus seiner Sippe hinter dem Angriff auf seine Tochter und Jakob Weinert stecken könnte, müssen wir wohl vorerst fallen lassen.

Bleibt uns die Spur Friedhelm Sperling.

Wenn dieser das Schreiben von Jakob Weinert erhalten hat, muss er sich in seiner Existenz äußerst bedroht gefühlt haben"

Lutz Waski schilderte dann, was Tina Seifert über ihre Beziehung zum Biologielehrer und über das Treiben in der AG *Heimische Vogelarten* berichtet hatte.

140

Die Mitglieder der SOKO *Thomashütte,* allesamt erfahrener Kriminalisten, die schon Vieles erlebt hatten, zeigten sich empört.

Kriminalrat Haase sagte: „Ich habe es in der Vergangenheit leider schon öfter mit Beziehungen zwischen Lehrern und abhängigen Schülerinnen oder Schülern sowie mit Missbrauchsvorwürfen zu tun gehabt, aber ein Fall wie dieser, wo ein Lehrer seine Stellung ausnutzt, um quasi einen Pornohandel aufzubauen, ist auch mir neu. Wir müssen Studienrat Sperling sofort festnehmen."

„Die Fahndung nach ihm und seinem Auto, einem dunkelblauen Opel-Astra mit Dieburger Kennzeichen läuft", stellte Kommissar Waski fest. „Ich war vorhin noch einmal bei Friedhelm Sperling zuhause. Seine Frau hat keine Ahnung, wo er stecken könnte, und macht sich naturgemäß große Sorgen. Sie hat mir gestattet, dass ich mich in seinem Arbeitszimmer kurz umsehe. Ich habe aber auf die Schnelle nichts von Belang gefunden, auch keinen PC oder Laptop. Vielleicht sollten wir die Kollegen der SPUSI bitten, sich dort umzusehen, wenn sie mit der Hütte fertig sind, in der die AG ihre Technik und ihre Ergebnisse aufbewahrt. Ich denke, dass wir auf den elektronischen Speichermedien nicht nur Aufnahmen von heimischen Vögeln finden werden. Eingehend befragen

müssen wir dann natürlich alle Personen, die
– gestattet mir das Wortspiel – beim Vögeln
gefilmt wurden. Die Kolleginnen Forstmann
und Ohlert sind noch unterwegs, wobei es
vordringlich darum geht, die beteiligten
Männer zu identifizieren, weil diese im Auftrag oder zusammen mit Sperling bei der
THOMASHÜTTE gewesen sein könnten und
damit wüssten, wo Ben Hausmann steckt.
Von Tina Seifert haben wir die Spitznamen
Wolle und *Rüssel* erfahren. Ich war vorhin
noch in dem für Rauschgiftsachen zuständigen Kommissariat K34 bei Hauptkommissar
Gisbert Zenker. Wir beide hatten es vor gut
einem Jahr mit einem gewissen *Wolle*, alias
Wolfgang Huber, zu tun.[7] Gisbert kannte
auch den Spitznamen *Rüssel*. Beide sind derzeit auf freiem Fuß, obwohl sie – wie die
Leute vom K34 meinten – weiterhin dealen.
Kommissar Zenker hat umgehend zwei seiner Leute losgeschickt. Diese werden *Wolle*
und *Rüssel* zu ihrem Aufenthalt am gestrigen
Nachmittag befragen. Wenn sie in der Nähe
der THOMASHÜTTE waren oder keinen anderen Aufenthaltsort nachweisen können, werden sie vorläufig festgenommen. In diesem
Fall werde ich umgehend informiert. Sollte

---

[7] Siehe: Günter Fanghänel: Der Tote in der Dreieichbahn. S. 146; BoD 2020; ISBN 9783751996174

auch diese Spur im Sande verlaufen, stehen wir allerdings wieder ziemlich am Anfang.

Ich habe mir den Bericht der SPUSI über die Untersuchung der Scheune nochmals vorgenommen. Unsere Leute waren sehr gründlich und haben alle Fußspuren und Fingerabdrücke gesichert. Ein Detail ist mir dabei noch aufgefallen, ich zitiere."
Lutz Waski nahm ein Blatt und las vor:
Ein weiterer Fund ist erwähnenswert: An der Hinterwand der Scheune befand sich eine große Kiste mit den Abmessungen 2 m x 0,80 m x 0,50 m. Diese war leer, aber im Gegensatz zu allem anderen Inventar der Scheune innen und außen relativ sauber. Aus dem Inneren konnten geringe Reste von Plastikfolie gesichert werden und es ist sehr wahrscheinlich, dass bis vor kurzem in solcher Folie verpackte Gegenstände hier gelagert wurden. Bei dieser Kiste fanden sich Fußspuren von allen vier Personen, die wir bereits an anderen Stellen der Scheune gesichert hatten. Fingerabdrücke von einer weiteren Person konnten gesichert werden.
Kommissar Waski legte das Papier zu Seite und sagte: „Ob hier ein Zusammenhang mit den zwei Toten und der Entführung von Ben Hausmann besteht, ist völlig unklar. Es

143

könnte aber sein, dass in dieser Kiste Beute aus Einbrüchen versteckt war und die Täter beim Abholen überrascht beziehungsweise beobachtet wurden.

Wir müssen daher alle Protokolle und Notizen von den Befragungen der Nachmittagsgäste der THOMASHÜTTE nochmals gründlich unter die Lupe nehmen und gegebenenfalls einige Leute wiederholt befragen. Vielleicht hat doch jemand etwas gesehen, was uns weiterhelfen könnte.

Das ist die Arbeit für den morgigen Tag. Wenn der Chef einverstanden ist, machen für heute Feierabend. Wir treffen uns morgen früh um acht Uhr wieder hier."

Kriminalrat Haase nickte, wünschte allen eine erholsame Nacht und bat Kommissar Waski, noch mit ihm in sein Büro zu kommen. Dort sagte er zunächst, dass er mit seiner Arbeit zufrieden sei, obwohl sich noch kein Erfolg abzeichnen würde. Dann berieten die beiden, wie sie bezüglich der Presse vorgehen sollten. Sie kamen überein, die Sache mit der AG *Heimische Singvögel* vorerst noch intern zu behandeln und damit auch nicht öffentlich nach Sperling zu fahnden. Die Staatsanwaltschaft wollte der Kriminalrat selbst noch informieren.

Kommissar Waski hatte aber noch etwas auf dem Herzen und sagte: „Ich habe vorhin mit meiner Frau telefoniert. Sie berichtete, dass im Ort ziemliche Aufregung herrscht. Die Kinder, die gestern vergeblich mit nach Ben Hausmann gesucht hatten, haben natürlich heute in ihren Schulen davon erzählt. Sie gehen in verschiedene Schulen, auch im Nachbarort Münster. Es hat sich wie ein Lauffeuer verbreitet, dass bei der THOMASHÜTTE ein Kind vermisst wird und es dort zwei Tote gegeben hat. Es kursieren wilde Gerüchte, bis hin zu Aussagen, dass ausländische Terroristen ihre Hände im Spiel hätten. Die meisten Eltern hätten ihre Kinder heute nicht draußen spielen lassen. Ich denke, wir sollten mit einer gezielten, sachlichen Mitteilung an die Öffentlichkeit gehen."

„Lutz, da haben Sie recht", antwortete der Kriminalrat. „Wir werden jetzt gleich einen entsprechenden Text verfassen und auch um weitere Hinweise zum Geschehen bei der THOMASHÜTTE vom gestrigen Nachmittag bitten. Für die Zeitungen dürfte es zu spät sein, aber der Rundfunk kann unsere Mitteilung sicher zeitnah senden. Wir lassen auch Flugblätter drucken, die morgen früh bei den Bäckern und den Einzelhandelsgeschäften ausliegen können."

Die beiden Kriminalisten machten sich an die Arbeit und formulierten folgenden Text:

Die Polizei bittet um Mithilfe

In den Nachmittagsstunden des 12. September kam es auf dem Gelände der Thomashütte zu einer gewaltsamen Auseinandersetzung mit mehreren Beteiligten, in deren Folge zwei von ihnen den Tod fanden.

Außerdem wird noch immer der elfjährige Ben H. vermisst. Er ist ca. 1,45 m groß und ist bekleidet mit einer blauen Jeans, einem grauen T-Shirt, das auf der Vorderseite eine Batman-Figur zeigt, sowie mit weißen Turnschuhen. Der Junge wurde zuletzt gestern, am 12. Mai, gegen 15:00 Uhr in der Nähe der THOMASHÜTTE gesehen.

Wer in diesem Zusammenhang sachdienliche Hinweise geben kann, wird gebeten, sich mit der Regionalen Kriminalinspektion Darmstadt (Tel. 06151-969-4115) oder einer anderen Polizeidienststelle in Verbindung zu setzen. Gleichzeitig wird gebeten, dass sich alle Personen melden, die sich in der fraglichen Zeit in der Nähe der Thomashütte aufgehalten haben und noch nicht von der Polizei kontaktiert wurden.

Kriminalrat Haase wollte gleich mit der Pressestelle die nächsten Schritte einleiten. Lutz verabschiedete sich und fuhr heim.

19.

Montag, 13. September, 22:30 Uhr

Lutz Waski war nach dem langen Arbeitstag endlich zuhause angekommen. Er schloss die Haustür auf und wurde von seiner Frau Steffi zärtlich in die Arme genommen: „Da bist du ja endlich", sagte sie nach einem langen Begrüßungskuss. „Wir warten im Wohnzimmer und sind begierig zu erfahren, was es Neues gibt. Die Kinder schlafen natürlich längst. Willst du erst noch eine Kleinigkeit essen?"

Lutz verneinte, weil er zwischendurch den einen oder anderen Happen habe zu sich nehmen können, gegen ein Bier hatte er aber keine Einwände. Dann ging er ins Wohnzimmer seiner Schwiegereltern und begrüßte Lilo und Werner. Steffi kam mit zwei Flaschen Bier in der Hand nach. Sie und ihre Mutter hatten jede ein Glas Weißwein auf ihrem Platz stehen. Werners Bierglas war leer und wurde genauso wie das von Lutz frisch gefüllt. Dieser nahm einen Schluck und begann zu erzählen: „Also, das was mich am meisten bedrückt zuerst: Wir haben noch immer keine Spur von Ben und auch keinerlei Hinweise, wo er stecken könnte. Ich hoffe aber noch immer, dass er am Leben ist.

Wie war es denn bei Lydia?" wollte er dann von seiner Frau wissen.

Steffi erzählte, dass sich Lydia und Uwe Hausmann über ihren Besuch gefreut haben, beide aber sehr verzweifelt sind. Sigrid Veit von der Kolpingfamilie – beide Hausmanns sind hier Mitglied – war auch da gewesen und Lydia hatte gemeint, es ist ein sehr gutes Gefühl, wenn man in einer solchen Situation nicht allein ist. Besonders erfreut waren Lydia und Uwe über den Besuch des Pfarrers, der mit seinem 80. Geburtstag, an dem er Ehrenbürger von Eppertshausen wurde, zwar aus dem aktiven Dienst ausscheiden musste, es sich aber nicht nehmen ließ, Trost und Zuversicht zu vermitteln. Er hat ihnen auch deutlich gemacht, dass die Vorwürfe unbegründet sind, die sich Lydia und Uwe machen, weil sie Ben gestern Nachmittag so lange allein spielen ließen. „Auch ich habe ihnen gesagt, dass dies Unsinn sei", erklärte Steffi. „Kommissar Nertier von eurer KTU, der die Telefone überwacht, pflichtete mir bei und sagte, dass man mit einer Entführung von Ben keinesfalls hätte rechnen können.

Was habt ihr denn sonst noch herausgefunden?", fragte Steffi ihren Mann.

Dieser berichtete, dass Ayla Abakay und Jakob Weinert am kommenden Sonnabend heiraten wollten, ohne Wissen der Eltern. Bei ihrem Tod handele es sich aber nicht um Mord oder Totschlag, in beiden Fällen sei eindeutig schwere Körperverletzung mit Todesfolge festgestellt worden. Nähere Umstände und Täter seien noch unbekannt, aber sicher seien die gleichen Personen im Spiel, die Ben entführt haben.

Lutz holte Luft und sagte dann: „Es gibt da noch eine sehr unschöne Geschichte um einen Lehrer des Dieburger Friedrich-Schiller-Gymnasiums. Er ist zweiundvierzig Jahre alt, unterrichtet Biologie und Sport und ist bei den Schülern, vor allem bei den Schülerinnen, sehr beliebt. Er hat eine außerschulische Arbeitsgemeinschaft aufgebaut, die sich mit den einheimischen Vogelarten beschäftigt. In einer Waldhütte hat diese AG ihr Domizil. Unsere SPUSI hat sich dort umgesehen und sehr interessante Bilder und Videos von recht seltenen Tieren, ihrem Nestbau sowie dem Balz- und Aufzuchtverhalten gefunden. Allerdings waren auch in erheblichem Umfang pornografische Aufnahmen darunter. Die Darsteller waren Schülerinnen des Friedrich-Schiller-Gymnasiums, zwei junge Männer aus Darmstadt sowie Friedhelm Sperling, so heißt der Lehrer.

Wie die Mädchen – insgesamt waren es vier – in die Geschichte hineingeraten sind, hat uns eine von ihnen anschaulich geschildert. Sie war in ihren Lehrer verliebt, hat begeistert in der AG mitgearbeitet, die meist in der genannten Waldhütte tätig war. Einmal ist sie nach einer solchen Zusammenkunft länger geblieben und es kam zum Geschlechtsverkehr mit ihrem geliebten *Spatz*, das ist der Spitzname von Studienrat Sperling. Das Mädchen war damals noch keine sechszehn, ist heute aber achtzehn Jahre alt. Das Verhältnis ging weiter, bis das „Mädchen erfuhr, dass eine Mitschülerin in gleicher Weise intime Kontakte zu *Spatz* unterhielt. Es folgten dann Liebesspiele zu dritt. Dann kamen zwei Jungen aus Darmstadt dazu und der Weg zu Porno-Orgien war nicht mehr weit. Hier waren dann mit großer Wahrscheinlichkeit auch Drogen im Spiel, die die Darmstädter Jungen mitgebracht haben könnten.

Mit den Mädchen haben sich meine Kolleginnen ausführlich unterhalten, die beiden Jungen sind unseren Leuten vom Rauschgiftdezernat bekannt und werden von diesen befragt.

Studienrat Sperling ist verschwunden, nach ihm wird gefahndet.

Bedeutsam ist in diesem Zusammenhang, dass Jakob Weinert, einer der Toten von der THOMASHÜTTE, Kenntnis von den Vorkommnissen in der AG *Heimische Vogelarten* hatte und Sperling zur Rede stellen wollte. Es ist also nicht auszuschließen, dass hier ein Motiv für den Angriff auf Jakob zu suchen ist. Wenn die beiden Darmstädter Jungen etwas damit zu tun haben, wird man mich sofort informieren."

Steffi und ihre Eltern hatten den Bericht mit zunehmender Betroffenheit zur Kenntnis genommen. Werner Brenner sagte schließlich: „Man hört und liest ja immer mal wieder von derartigen Geschichten. Wenn es aber im unmittelbaren Umfeld passiert, ist man doch besonders schockiert. Es ist nur zu hoffen, dass der *Spatz* bald eingefangen und seiner gerechten Strafe zugeführt wird. Welchen Schaden er in den Seelen der jungen Mädchen angerichtet hat, kann man ja nur erahnen."

„Das ist wohl wahr", antwortete sein Schwiegersohn und setzte fort: „Ich brauche wohl nicht zu betonen, dass alles, was ich euch eben erzählt habe, unter uns bleiben muss. An die Öffentlichkeit soll diese

Geschichte vorerst nicht gelangen. Über die zwei Toten wird aber morgen früh durch den Rundfunk sowie mit Flugblättern informiert. Ein Vorabexemplar habe ich hier." Dabei reichte er dieses herum.

„Jetzt hätte ich aber gern noch mehr gewusst, wie euer Tag verlaufen ist."

„Nach dem Besuch bei Lydia war ich, wie geplant, im Gemeindebüro und habe auch den Bürgermeister gesprochen", erklärte Steffi. „Ab übermorgen werde ich zunächst an drei Tagen in der Woche im Wahlbüro mitarbeiten. Unsere Cosima fanden alle sehr niedlich, sie hat aber auch jeden angelächelt. Aber die Sache mit den beiden Toten und das Verschwinden von Ben war das beherrschende Thema. Es ist gut, dass mit eurer Verlautbarung manch unsinnigem Gerücht der Boden entzogen wird."

„Das sehe ich auch so", schaltete sich ihr Vater ein. „Ich war heute beim Friseur, um mit Harald zu besprechen, wie es mit den *Reizenden Buben* weitergeht. Seit einigen Wochen wird ja wieder jeden Dienstag gespielt, aber es ist noch unklar, ob wir die im Vorjahr ausgefallene Vereinsmeisterschaft in diesem Jahr durchführen können. Der Kriminalfall beschäftigt selbstverständlich auch die Leute. Ich hatte Lutz schon am Telefon gesagt, dass da ganz wilde Gerüchte kursieren. Übrigens Steffi, dein von dir so geschätzter Bürgermeister hat wohl einiges an Sympathie verloren. Dass er wenige Wochen nach seinem überzeugenden Wahlsieg sich um den Posten als stellvertretender Landrat bemüht hat, haben manche seiner Anhänger nicht verstanden. Na, er wird das verlorene Vertrauen schon zurückgewinnen. Das Wichtigste ist jetzt aber, dass Lutz und seine Leute den verschwundenen Jungen finden und die Sache mit den Toten bei der THOMASHÜTTE aufklären."

In diesem Punkt waren sich alle einig und nachdem noch einige Belanglosigkeiten ausgetauscht waren, gingen die jungen Leute und auch das Ehepaar Brenner schlafen.

20.

Dienstag, 14. September, 6:30 Uhr

Lutz Waski und seine Frau Steffi saßen beim Frühstück, als das Telefon klingelte. Lutz nahm ab und hörte am anderen Ende die Stimme von Oberkommissar Uli Schneider, der in der vergangenen Nacht Bereitschaftsdienst hatte. „Guten Morgen Lutz", tönte es aus dem Hörer." Es gibt Neuigkeiten vom *Spatz*, die ich Ihnen doch gleich nach dem Aufstehen zukommen lassen will.

Heute Nacht um 2:47 Uhr erreichte mich ein Anruf der Autobahnpolizei. Der von uns zur Fahndung ausgeschriebene Friedhelm Sperling hatte auf der A5 kurz nach dem Kreuz Heidelberg einen schweren Unfall. Er wurde mit dem Rettungshubschrauber in die Uni-Klinik Heidelberg geflogen und liegt dort auf der Intensivstation im Koma. Es ist unklar, ob er überleben wird. Da wir in der Sache derzeit nichts tun können, hielt ich es nicht für angebracht, Sie aus dem Schlaf zu holen. Nähere Angaben sind angefordert und werden nachher zur Frühbesprechung der Soko sicher vorliegen. Bis nachher."

Lutz bedankte sich und legte auf. Dann informierte er kurz seine Frau, die ihn erwartungsvoll angesehen hatte, und meinte: „Das ist ja tragisch. Hoffentlich kommt Studienrat Sperling durch."

Lutz antwortete: „Das hoffe ich auch, aber ein vielleicht sehr wichtiger Zeuge fällt uns vorerst aus. Na, nachher werde ich sicher Genaueres zum Unfallhergang erfahren. Ich will gleich starten, damit ich noch vor Beginn unserer für 8:00 Uhr anberaumten Beratung einen Blick in den Unfallbericht werfen kann."

Mit einem Kuss verabschiedete sich Lutz von seiner Frau und fuhr los.

Es war ziemlich genau 7:30 Uhr als Hauptkommissar Lutz Waski in seiner Dienststelle ankam. Er passierte den Pförtner, der ihn kannte, und begab sich in sein Büro, das er sich mit Hauptkommissarin Melanie Forstmann teilte. Diese kam unmittelbar nach ihm. Die beiden begrüßten sich und Lutz informierte seine Kollegin über die neue Entwicklung im Fall Sperling. Dann griff er zum Hörer und meldete sich bei Hauptkommissar Schneider. Dieser kam wenig später zu den beiden und sagte: „Inzwischen liegen genauere Informationen zum Unfall des Friedhelm Sperling vor. Er ist mit hoher Geschwindigkeit gegen einen Brückenpfeiler gefahren. Andere Fahrzeuge waren nicht beteiligt. Ich schlage vor, dass ich einen ausführlichen Bericht gebe, wenn wir gleich die SOKO *Thomashütte* zusammen haben."

Kommissar Waski war einverstanden und wollte nur noch wissen, ob Kriminalrat Haase schon informiert sei. „Das ist der Fall", sagte Uli Schneider. „Der Chef hat aber einen Termin in Wiesbaden und kann an der Beratung nachher nicht teilnehmen."

Pünktlich um 8:00 Uhr eröffnete Kommissar Waski die Besprechung der SOKO *Thomashütte*. Außer den Mitgliedern dieser Sonderkommission waren auch Hauptkommissar Uli Schneider sowie Oberkommissar Peter Baum vom Rauschgiftdezernat anwesend.

Lutz Waski begann mit der Mitteilung, dass sich die Fahndung nach Friedhelm Sperling erledigt habe. Dieser liege nach einem Autounfall schwerverletzt auf der Intensivstation der Heidelberger Uni-Klinik. Lutz fuhr fort: „Genaueres wird uns gleich Kollege Schneider sagen, er hatte heute Nacht Bereitschaft und als Erster die Nachricht erhalten. Inzwischen ist er auch im Besitz weiterer Informationen. Uli, bitte berichten Sie!"

Dieser nahm das Wort: „Bisher weiß man folgendes: Wenige Minuten nach 1:00 Uhr heute Nacht ist Studienrat Friedhelm Sperling mit seinem Auto, einem dunkelblauen

Opel-Astra, auf der A5 in südlicher Richtung einige Kilometer nach dem Autobahnkreuz Heidelberg gegen einen Brückenpfeiler geprallt. Sperling saß allein im Auto. Die Autobahn war zu dieser Zeit relativ leer. Ein LKW, den er kurz zuvor überholt hatte, hielt sofort an. Der Fahrer informierte die Polizei, sicherte die Unfallstelle und versuchte vergeblich den Verunglückten aus dem Wrack zu befreien.

Die Rettungskräfte, Polizei, Krankenwagen und Notarzt sowie die Feuerwehr, waren nach etwa fünfzehn Minuten zur Stelle.

Friedhelm Sperling war in seinem Auto, das zum Glück nicht brannte, eingeklemmt. Die Airbags hatten funktioniert. Dem Notarzt war es gelungen, den Verletzten noch im Autowrack zu reanimieren. Er wurde von der Feuerwehr mit schwerem Rettungsgerät herausgeschnitten und nach weiterer Erstversorgung mit einem inzwischen eingetroffenen Rettungshubschrauber ins Universitätsklinikum Heidelberg geflogen. Nach Auskunft der Ärzte wurde er notoperiert und ins künstliche Koma versetzt. Ob er seine schweren Verletzungen überleben wird, ist noch ungewiss.

Interessant ist, was der LKW-Fahrer ausgesagt hat. Danach ist der blaue Opel-Astra mit sehr hoher Geschwindigkeit, der erfahrene

LKW-Lenker schätzte diese auf mehr als 200 km/h, geradlinig auf den Brückenpfeiler zu gefahren. Ob ein technischer Fehler am PKW, plötzliches Unwohlsein des Fahrers oder ein Suizidversuch vorliegen, müssen die weiteren Untersuchungen zeigen. Nachdem die Polizisten die Personalien des Verunfallten festgestellt hatten, erkannten sie, dass wir diesen zur Fahndung ausgeschrieben hatten." Mit den Worten. „Daraufhin wurde ich verständigt", beendete Kommissar Schneider seine Ausführungen.

Hauptkommissar Waski bedankte sich bei ihm und meinte: „Nach allem was wir wissen, scheint ein Selbstmordversuch wahrscheinlich. Aber, sei es, wie es sei, ein wichtiger Zeuge steht uns vorläufig nicht zur Verfügung.

Was hat denn die Befragung der an den Sex-Spielen beteiligten Jungen ergeben?", wollte er dann von Oberkommissar Baum wissen.

Dieser berichtete: „*Wolle* und *Rüssel*, so die Spitznamen der beiden, sind in unserem Dezernat wohlbekannte Kunden. Wir wussten, wo sie zu finden waren und haben beide noch am Abend ausführlich befragt. Ihre Teilnahme an den *Gesellschaftsspielen* in der Hütte dieser AG, die von *Spatz* organisiert wurden, haben sie freimütig zugegeben. Da aber alle Teilnehmer einvernehmlich gehandelt hätten, sei dies ja nicht strafbar. Dass sie Drogen mitgebracht haben sollen, wurde von ihnen bestritten. Hier ist aber das letzte Wort noch nicht gesprochen. Bedeutsam ist aber, dass beide für den Nachmittag und Abend des Sonntags Alibis vorweisen konnten, die wir natürlich überprüft haben. Wenn es hier irgendwelche Zweifel gegeben hätte, wären Sie, Kollege Waski, selbstverständlich sofort informiert worden."

Resigniert stellte Lutz Waski fest: „Wieder eine Spur, die im Sand verläuft. Der ganze Komplex um Studienrat Sperling und seine AG *Heimische Vogelarten* dürfte für unsere weiteren Ermittlungen nicht mehr von Bedeutung sein. Selbstverständlich wird das Ganze weiterverfolgt, nur nicht von unserer Soko. Ich denke, das ist Sache der Abteilung *Sexualdelikte* und ich möchte die Leiterin dieser Abteilung, Oberkommissarin Vera Ohlert, hiermit aus der Soko entlassen und sie bitten, alles Weitere in die Wege zu leiten. Dabei muss auch entschieden werden, ob und in welcher Weise die Eltern der betreffenden Mädchen zu informieren sind. Auch muss geklärt werden, was mit den sichergestellten Aufnahmen zu geschehen hat und es ist zu überlegen, wie und in welchem Umfang die Leitung des Friedrich-

Schiller-Gymnasiums und die dortigen Kollegen ins Bild zu setzen sind. Letztlich muss auch eine Entscheidung bezüglich der Presse gefällt werden. Ich fürchte, eine absolute Geheimhaltung wird nicht möglich und aus meiner Sicht auch nicht angebracht sein. Kriminalrat Haase wird sicher mit meiner Entscheidung einverstanden sein, diesen ganzen Komplex der Abteilung *Sexualdelikte* zu überlassen. Zusammen mit ihm werden Kommissarin Ohlert und ihre Kollegen gewiss in Abstimmung mit der Staatsanwaltschaft das Richtige tun.

Die Hoffnungen in unserem Fall ruhen jetzt ausschließlich auf der Auswertung der Aussagen, die von den Personen stammen, die am Sonntag in oder bei der THOMASHÜTTE waren. Hier kommen sicher nach der heutigen Aktion mit den Flugblättern weitere Informationen hinzu. Die Koordinierung der Auswertung hat Hauptkommissarin Leitner übernommen. Sie wird uns gleich auf den aktuellen Stand bringen. Vorher machen wir aber eine Pause."

Kurz vor 10:30 Uhr wollten die Beratungsteilnehmer gerade den Raum verlassen, um sich einen Kaffee zu holen oder eine Zigarette anzustecken, als Polizeiobermeisterin Jäger in den Raum gestürmt kam und rief.

„Ich habe Dienst in der Telefonzentrale und wir haben eben folgenden Anruf erhalten: **Ben ist in der Gablonzerstraße 7 im Keller!**

Ich habe sofort gefragt: „In welchem Ort und wer sind Sie?", aber das Gespräch wurde abrupt beendet."

Die Kollegen waren alle verblüfft und begannen durcheinander zu reden und wollten der Polizeiobermeisterin Fragen stellen.

„Halt!", rief Kommissar Waski, „so geht das nicht. Bitte nehmt alle wieder Platz."

Sodann befragte er Frau Jäger nach Einzelheiten des Anrufs. Er erfuhr aber nur, dass der Anruf bei der im Flugblatt genannten Nummer 06151-969-4115 eingegangen war und dass es sich bei dem Anrufer um einen, der Stimme nach jüngeren, Mann gehandelt habe. Das Gespräch wurde routinemäßig aufgezeichnet und die Kollegen seien dabei, es auszuwerten und zu versuchen, den Anrufer zu orten. Dies könne aber schwierig werden, wenn ein Prepaid-Handy benutzt wurde.

Lutz Waski übernahm wieder das Kommando und beauftragte als erstes seinen Kollegen Ralf Kleinert, festzustellen, in welchen Orten der Umgebung es eine Gablonzer-Straße gibt.

Der so Angesprochene verließ den Raum und Kommissar Waski setzte fort: „Gablonz ist meines Wissens ein Ort im Sudetenland und heißt heute Jablonec. Nach den Vertreibungen von 1945 wurden bei uns gern Straßen nach ehemaligen deutschen Orten benannt. In vielen unserer Ortschaften gibt es ganze Viertel mit derartigen Straßennamen. Wir müssen jetzt schnellstens erfahren, wo wir nach Ben zu suchen haben. Um vorzeitige Hoffnungen etwas zu dämpfen, möchte ich anmerken, dass das Ganze auch der Einfall eines Wichtigmachers sein kann. Na, warten wir ab, was Ralf herausfindet."

Dieser kam nach kurzer Zeit zurück und sagte. „In unmittelbarer Nähe gibt es eine Gablonzer-Straße in Eppertshausen, in Groß-Umstadt und in Münster. Aber auch in Aschaffenburg, Frankfurt und Weiterstadt existiert eine Straße mit diesem Namen."
Lutz Waski bedankte sich und legte fest: „Wir konzentrieren uns auf die drei erstgenannten Orte und bilden folgende Einsatzteams:
Kurt Kunze und Gisela Bernd fahren nach Groß-Umstadt;
Melanie Forstmann und Ali Durmaz nehmen sich das Haus in Münster vor;

Ich selbst werde zusammen mit Ralf Kleinert nach Eppertshausen fahren.

Jedem Team werden zwei Einsatzfahrzeuge mit zwei Beamten in Zivil zugeordnet und ein Krankenwagen sowie ein Notarzt sind in Bereitschaft zu versetzen. Wenn wir Ben in einem Keller finden sollten, müssen wir sehen, in welchem Zustand er ist.

Wir werden keinesfalls mit voller Mannschaft vorfahren und das Haus stürmen. Es gilt vielmehr, möglichst unbemerkt hineinzugelangen und Ben zu befreien. Ideal wäre, die Entführer bekämen davon gar nichts mit und wir könnten sie bei einem Besuch ihres Gefangenen fassen.

Lasst uns unverzüglich aufbrechen. Margot wird hier die Stellung halten und die Auswertung der eingegangenen Hinweise weiter vorantreiben.

Ich wünsche uns viel Erfolg."

Alle waren überzeugt, dass es endlich einen Durchbruch in den Ermittlungen gab, und gingen mit Optimismus an die Arbeit.

21.

Hauptkommissar Lutz Waski saß mit seinem Kollegen Ralf Kleinert im Auto und war dabei, das Funkgerät einzuschalten. Die beiden befanden sich fast am Ende der Niederröder-Straße in Eppertshausen.

Per Funk meldeten sich nahezu gleichzeitig Hauptkommissar Kunze aus Groß-Umstadt und Hauptkommissarin Forstmann aus Münster. Lutz Waski erfuhr, dass in der Gablonzer-Str. 7 in Groß-Umstadt ein zweigeschossiges Gebäude steht, in dem sechs Familien zu wohnen scheinen. Kurt Kunze und Gisela Bernd wollten sich anschicken, die Keller zu inspizieren, erhielten aber die Anweisung, damit noch zu warten.

Melanie Forstmann teilte mit, dass die Gablonzer-Straße in Münster sehr kurz ist und auf jeder Seite nur drei Häuser stehen. Eine Hausnummer 7 existiert nicht.

Kommissar Waski sagte: „Auch hier in Eppertshausen ist die Gablonzer-Straße nicht lang. Das Haus Nr. 7 ist das letzte, gleich dahinter beginnt der Wald. Wir waren eben noch kurz in der Gemeindeverwaltung und haben uns erkundigt und auch den Grundbucheintrag eingesehen. Danach wurde das kleine Gebäude 1978 von einem Ehepaar

Feist errichtet. Die beiden waren alleinstehend und vor drei Jahren ist Herr Feist verstorben. Seine Frau kam vor einem Monat in ein Pflegeheim, seitdem steht das Haus leer. Ich denke, wir sind am richtigen Ort. Links vor uns ist die Einmündung der Gablonzer-Straße. Wir werden aber nicht mit dem Auto vorfahren, sondern zu Fuß die Lage erkunden. Ich werde von vorn, von der Straßenseite, auf das Haus zugehen und Kollege Kleinert wird sich von der Rückseite, die an den Wald grenzt, nähern. Unsere Kollegen befinden sich ein paar Straßen weiter in Bereitschaft. Wir melden uns, wenn wir im Haus sind, bis dahin unternehmt ihr nichts."

Zehn Minuten später stand Lutz Waski vor dem kleinen, eingeschossigen Haus, an dem der weiße Anstrich, abzublättern begann.
Er klingelte, es erfolgte aber erwartungsgemäß keine Reaktion.
Im Haus gegenüber wurde ein Fenster geöffnet und eine ältere Frau schaute heraus. Bevor sie etwas fragen konnte, hielt der Kommissar seinen Dienstausweis kurz hoch und sagte: „Ich komme von der Energieversorgung und muss den Zähler überprüfen. Ist denn Frau Feist nicht zuhause?"
Die Antwort überraschte ihn nicht: „Frau Feist ist im Heim und ich weiß nicht, ob sie

überhaupt noch einmal zurückkommt. Ich habe den Schlüssel, kann aber nicht mitkommen, weil ich Essen auf dem Herd habe."
Lutz dachte: „Das geht ja besser, als zu vermuten war", ließ sich den Schlüssel aushändigen und versprach, diesen umgehend zurückzubringen.

Kommissar Waski ging über die Straße, durchquerte einen kleinen Vorgarten, dessen kleine Tür kein Schloss hatte, und ging zur Haustür. Er öffnete und fand sich in einem langgestreckten Flur, von dem vier Türen abgingen, die alle offenstanden. Gleich die erste führte über eine dunkle Treppe hinab in den Keller. Lutz schaltete seine Taschenlampe ein und stieg hinab. Wieder stand er in einem langen Gang, und sah am Ende eine Tür mit einem Glasfenster, die ins Freie führte. Vor dieser stand sein Kollege. Lutz eilte hinzu – die Tür war verschlossen, aber der Hausschlüssel passte.
Ralf Kleinert kam herein und die beiden Polizisten sahen sich um. Linkerhand stand eine Tür offen, hinter der eine recht große Waschküche zu sehen war. Im Raum dahinter stand ein Regal mit verschiedenen Konserven sowie allerlei Gerümpel. Der nächste und damit letzte Raum war verschlossen, aber der Schlüssel steckte.

Kommissar Waski schloss auf und die beiden Männer betraten den dunklen Raum. Im Schein ihrer Taschenlampen sahen sie hinten rechts eine Matratze. Auf der lag ein Kind. Es war Ben! Lutz eilte hinzu und sagte erleichtert: „Ich glaube, er schläft nur."

Ralf Kleinert hatte inzwischen das Licht eingeschaltet. Ben wurde wach und sagte: „Onkel Lutz, da bist Du ja endlich. Ich habe gewusst, dass Du mich hier rausholst. Du bist doch Kriminalpolizist."

Lutz nahm den Jungen in den Arm, drückte und streichelte ihn und sagte: „Ben, ich bin ja so froh, dass wir dich wiederhaben. Wir haben überall nach dir gesucht. Bist du okay?"

Die Antwort lautete: „Mir fehlt nichts, ich bin bloß immer müde. Zwei Männer haben mich hierhergebracht. Sie haben mir Pizza und Cola gegeben, aber wenn ich davon getrunken habe, bin ich immer sofort eingeschlafen."

„Na, das musst Du mir alles noch in Ruhe erzählen", entgegnete Lutz. „Wir beide gehen jetzt erst einmal zu deinen Eltern, die sind schon sehr in Sorge. Ich muss nur noch kurz telefonieren."

Ben nickte und ging dann in die Ecke, wo ein Eimer stand, in den er pinkeln konnte.

Kommissar Waski ergriff sein Handy und rief seine Kollegin Forstmann an: „Melanie, wir haben Ben gefunden, er scheint in Ordnung zu sein. Ich bringe ihn jetzt zu seinen Eltern.

Bitte teilen Sie dies den Kollegen mit. Diese Nachricht muss aber vorerst intern bleiben, weil es möglich sein kann, dass die Entführer hier auftauchen. Sie kommen bitte mit Oberkommissar Durmaz zur Familie Hausmann in die Klosterstraße. Dort werden wir die weiteren Schritte beraten. Ralf Kleinert bleibt hier im Haus, ich schicke ihm Verstärkung und veranlasse, dass das Haus weiter beobachtet wird. Bis gleich."

Zu seinem Kollegen Kleinert, der mitgehört hatte, sagte er: „Ralf, Sie bleiben hier, am besten in der Waschküche. Wenn ich mit Ben draußen bin, schließen Sie vorn und hinten ab. Ich schicke zwei Kollegen in Zivil, die werden an der Hintertür klopfen. Dann wartet ihr drei und wir hoffen, dass jemand von den Entführern nach Ben sehen will."

Dann nahm Lutz den inzwischen munter wirkenden Ben an die Hand und beide verschwanden durch die Hintertür. Die paar Schritte bis zum Auto in der Niederröder-Straße legten die beiden unbemerkt zurück.

Kommissar Waski fuhr los und hielt nach wenigen Metern in der Schumannstraße neben seinem dort im Auto wartenden Kollegen. Er teilte mit, dass man Ben gefunden habe und ordnete an, dass zwei von ihnen zum Hintereingang des Hauses Gablonzerstr. 7 gehen und dort klopfen sollten. Die beiden anderen bat er, vom Wald her die Rückseite des Hauses zu beobachten. Anschließend verständigte er sich mit dem in Bereitschaft stehenden Krankenwagen und dem Notarzt und bat alle, in fünfzehn Minuten zur Familie Hausmann in die Klosterstraße zu kommen.

Danach fuhr er mit Ben zu dessen Eltern.

22.

Kommissar Waski hielt vor dem Haus der Familie Hausmann in der Klosterstraße. Ben löste den Sicherheitsgurt, stieg aus dem Auto und stürmte auf die Haustür zu. Er klingelte Sturm.

Lutz folgte gemäßigten Schrittes.

Die Haustür ging auf und zwei Ausrufe erfolgten gleichzeitig.

Ben rief: „Mama!" und diese: „Ben!"

Dann nahm sie ihren Sohn in die Arme und konnte die Freudentränen nicht zurückhalten. Aus dem Haus kam Uwe Hausmann hinzu, auch er war freudig überrascht und nahm nun Ben seinerseits in die Arme.

Seine Frau stammelte: „Ich kann noch gar nicht fassen, dass die quälende Ungewissheit zu Ende ist." Sie streichelte ihr Kind und fragte: „Wie geht es dir, tut dir was weh, wo hast du bloß die ganze Zeit gesteckt?"

Ben antwortete: „Ich bin okay, aber verdammt müde."

„Lasst uns reingehen", ergriff jetzt Uwe Hausmann die Initiative.

Bald hatten alle im Wohnzimmer Platz genommen hatten, Ben saß auf dem Schoß seiner Mutter und schlief.

Kommissar Nertier, der wieder Telefondienst hatte, war auch dazugekommen.

Lutz Waski berichtete: „Ben wurde hier ganz in der Nähe, in einem Keller des Hauses Gablonzer-Straße 7 festgehalten. Wir haben ihn eben aufgrund eines anonymen Hinweises befreien können. Äußerliche Verletzungen hat der Junge wohl nicht, aber gleich wird ein Arzt kommen und ihn untersuchen. Ich denke, die Entführer haben Ben mit Schlafmitteln vollgepumpt. Ein Krankenwagen wird auch hier sein und ich halte es für erforderlich, dass Du Lydia" – hier sah er Bens Mutter an – „mit Ben ins Krankenhaus fährst, wo er gründlich untersucht und gegebenenfalls auch psychologisch betreut werden wird. Wir werden von uns aus alles Nötige veranlassen.

Natürlich muss ich auch mit Ben über die ganze Geschichte reden. Das ist schließlich ganz wichtig, wenn wir seine Entführer fassen wollen, die sicher auch für den Tod der beiden jungen Leute verantwortlich sind. Aber Vorrang hat jetzt die Gesundheit des Jungen."

„Soll ich ihn nicht unter die Dusche stellen oder wenigstens waschen und frische Sachen anziehen?" fragte Lydia Hausmann.

„Das kannst du tun", antwortete Lutz Waski. „Aber stecke alles, was er anhat, in einen

Plastikbeutel, unsere Spurensicherung dürfte sich dafür interessieren."

Es klingelte.

Uwe Hausmann ging zur Tür und kam mit dem Arzt und einem Sanitäter im Gefolge zurück.

Kommissar Waski schilderte die Lage und äußerte die Vermutung, dass man Ben größere Mengen Schlafmittel verabreicht haben könnte.

Der Arzt untersuchte den Jungen, hörte ihn ab und maß den Blutdruck. Der Sanitäter hatte inzwischen seinen Koffer geöffnet und ein EKG-Gerät herausgeholt. Er legte Ben die Elektroden an und es wurde ein EKG geschrieben. Der Arzt sah sich die Werte an und sagte: „Nach unseren ersten Untersuchungen besteht kein Grund zur Besorgnis. Zur Sicherheit werden wir aber den Jungen mit ins Krankenhaus nehmen. Dort können auch die notwendigen Laboruntersuchungen erfolgen. Dann wird sich auch herausstellen, welche Schlaf- oder Beruhigungsmittel Ben verabreicht wurden. Sie, Frau Hausmann, können selbstverständlich mitfahren. Richten Sie sich bitte darauf ein, dass Ben wahrscheinlich eine Nacht in der Klinik bleiben muss."

Lydia Hausmann verließ den Raum, um einiges für den Krankenhausaufenthalt zu packen. Zuvor hatte sie ihren Sohn neben seinen Vater auf das Sofa gelegt. Ben öffnete verschlafen die Augen und murmelte: „Onkel Lutz hat mich befreit" und schlief weiter.

Seine Mutter kam und nahm ihn mit ins Bad. Frisch gewaschen und neu eingekleidet wurde Ben nach kurzer Zeit von seiner Mutter zurückgebracht. Er wollte aber gar nicht ins Krankenhaus, sondern lieber mit Onkel Lutz seine Entführer jagen.

Kommissar Waski antwortete: „Ben, du bist für uns ein ganz wichtiger Zeuge. Da brauche ich dich morgen total ausgeschlafen und es ist wichtig, dass du vorher gründlich untersucht wirst, Also, fahre jetzt bitte mit deiner Mutter ins Krankenhaus."

„Na gut;" willigte Ben ein.

Inzwischen waren auch Melanie Forstmann und ihr Kollege Ali Durmaz eingetroffen.

Kommissar Waski informierte alle, wie sie Ben gefunden und befreit haben.

Er betonte, dass man die Befreiung des Jungen vorläufig noch geheim halten sollte, weil die Entführer vielleicht zurückkommen könnten. Für diesen Fall sind Polizisten im Haus und die Rückseite wird observiert.

173

Lutz redete weiter: „Ich werde gleich mit Ali zur Nachbarin fahren und versuchen, Informationen zu gewinnen über Personen, die Zugang zum Haus der Frau Feist gehabt haben könnten. Ali wird aus dem Haus der Nachbarin die Vorderseite von Nummer 7 im Blick behalten. Kommissarin Forstmann bitte ich, in das Pflegeheim zu Frau Feist zu fahren, um von ihr zu erfahren, wer sich Zugang zu ihrem Haus verschafft haben könnte."

Unterdessen war Lydia Hausmann zurückgekommen. Sie hatte eine Tasche und einen Beutel mit Bens Sachen bei sich und meinte zu den beiden Medizinern, dass man losfahren könne. Diese nahmen Ben in ihre Mitte und gemeinsam mit dessen Mutter gingen alle zum Krankenwagen.

Uwe hatte sie kurz verabschiedet und kam zurück ins Haus.

Hier hatte unterdessen Kommissar Nertier die Überwachungstechnik abgebaut und rüstete zum Aufbruch. Auch die Kriminalisten verabschiedeten sich. Lutz hatte zuvor noch seine Kollegin gebeten, die Soko für 16:00 Uhr zusammenzurufen.

Dann war Uwe Hausmann allein. Die Anspannung der letzten Stunden war von ihm abgefallen und er versuchte langsam wieder an die in der Firma zu bewältigenden Aufgaben zu denken.

Es war etwa 14:00 Uhr als die beiden Kommissare in der Gablonzer-Straße gegenüber der Nummer 7 hielten.
Diesmal sah sich Lutz Waski das Namensschild an, bevor er die Klingel betätigte. Die Frau, die ihm den Schlüssel gegeben hatte, schaute aus dem Fenster und Lutz sagte: „Hallo, Frau Richter". Weiter kam er aber nicht zu Wort, sondern musste sich die schimpfend geäußerte Sätze anhören: „Was fällt Ihnen ein, mein Vertrauen so zu missbrauchen. Ich habe Ihnen in gutem Glauben den Schlüssel fürs Nachbarhaus gegeben und Sie verschwinden damit. Ich wollte schon die Polizei rufen."
„Wir sind die Polizei", antwortete Kommissar Waski. „Können wir hereinkommen?"

Verblüfft öffnete Frau Richter die Haustür und schaute sich genau den Dienstausweis an, den ihr Lutz Waski entgegenhielt.
„Entschuldigen Sie bitte mein Auftreten vorhin", sagte dieser. „Können wir bitte hineingehen, ich werde Ihnen die Sache erklären." Nachdem alle drei im Wohnzimmer Platz gefunden hatten, redete er weiter: „Frau Richter, Sie kennen sicher den Aufruf, dass ein elfjähriger Junge gesucht wird. Diesen

haben wir im Keller des Hauses gegenüber gefunden. Er ist inzwischen wohlbehalten bei seinen Eltern, beziehungsweise mit seiner Mutter zur Untersuchung im Krankenhaus. Sie verstehen sicher, dass ich da vorhin keine Zeit für lange Erklärungen hatte. Aber jetzt möchten wir gern wissen, was Sie uns über die Bewohner des gegenüberliegenden Hauses erzählen können."

Frau Richter, eine kleine, gutmütig wirkende, grauhaarige Frau von vielleicht sechzig Jahren schüttelte ungläubig den Kopf und meinte: „Da werden Hausmanns aber erleichtert sein. Hier im Ort wissen wohl alle, dass mit Ben H. ihr Junge gemeint war. Mein Mann arbeitet in dem Betrieb von Uwe Hausmann. Dort sind auch alle Mitarbeiter in großer Sorge. Vorhin war Willi, das ist mein Mann, zum Mittagessen hier, ich muss ihn gleich anrufen."

„Nein, das tun Sie bitte nicht", wurde sie von Kommissar Waski unterbrochen. „Wir müssen damit rechnen, ja wir hoffen sogar, dass die Entführer zum Haus gegenüber zurückkommen. Da könnten wir sie fassen. Im Haus sind unsere Leute und ich bitte Sie, meinem Kollegen Durmaz einen Platz bei Ihnen zu geben, von dem er das Haus gegenüber beobachten kann. Wenn aber die Entführer erfahren, dass wir Ben befreit haben, werden sie nicht kommen."

„Das leuchtet mir ein", meinte Frau Richter. „Ihr Kollege kann oben im Giebelzimmer, das steht leer, Posten beziehen. Kommen Sie", wurde Kommissar Durmaz aufgefordert, „ich zeige Ihnen, wo das ist."

Die beiden verschwanden und nach kurzer Zeit kam die Hausfrau zurück. Sie zeigte sich noch immer verwundert und erklärte: „Ich schaue zwar nicht den ganzen Tag aus dem Fenster, aber von irgendwelchen Aktivitäten im Nachbarhaus habe ich überhaupt nichts bemerkt. Das Gebäude steht leer, seit Frau Feist im Heim ist."

Lutz Waski erklärte, dass die Entführer höchstwahrscheinlich nur den Hintereingang benutzt hätten und wollte dann Näheres wissen über Frau Feist und mögliche Personen, die Zutritt zu deren Haus gehabt haben könnten. Er erfuhr Folgendes:

Die Eheleute Feist waren 1978 in ihr neu gebautes Haus gezogen. Im gleichen Jahr hatten die Eltern von Frau Richter ihren Neubau bezogen. Die beiden Ehepaare hätten sich sehr gut verstanden, aber nun lebt nur noch Frau Feist. Sie hatte keine Kinder, aber über lange Zeit engen Kontakt zu einem Neffen, dem Sohn ihrer Schwägerin. Diese habe nach Thüringen geheiratet und in der Nähe von Gera gewohnt. Sie hätte Mai oder May geheißen. Auch deren Tochter hatte Frau Richter gekannt. Frau Feist habe sich aber kurz bevor sie ins Heim kam, beklagt, dass von ihrer Verwandtschaft alle gestorben wären. Nur den Enkel ihres Neffen gäbe es noch. Dieser habe ab und zu mal nach ihr geschaut und würde wohl das Haus erben. Einen Namen oder gar die Adresse dieses jungen Mannes wusste aber Frau Richter nicht.

Kommissar Waski dankte für diese Informationen und verabschiedete sich.

23.

Dienstag, 14. September, 15:30 Uhr

Hauptkommissar Lutz Waski war auf einen
Sprung zu Hause gewesen und hatte seine
Frau und seine Schwiegereltern informiert,
dass sie Ben gefunden hatten. Die Familie
war erleichtert und wollte Einzelheiten wissen. Lutz hatte sie aber auf den Abend ver-
tröstet und darauf hingewiesen, dass die
Befreiung des Jungen vorerst geheim bleiben muss. Dann war er zu seiner Dienststelle
gefahren

Nun saß er seinem Chef, Kriminalrat Haase,
in dessen Büro gegenüber und gab einen ausführlichen Bericht zum Stand der bisherigen
Ermittlungen.

Beide Männer waren außerordentlich erleichtert, dass Ben Hausmann äußerlich un-
versehrt aufgefunden wurde, wenngleich abzuwarten bliebe, wie er das Ganze verkraften
würde. Man war sich auch einig, dass der
Enkel des Neffen von Frau Feist umgehend
befragt werden muss.

Wichtige Hinweise erhofften sich die beiden
natürlich von einer ausführlichen Unterhaltung mit Ben. Diese wollte Lutz Waski so
schnell wie möglich führen und er meinte,
das Vertrauensverhältnis zwischen ihm und
Ben sei eine sehr gute Basis dafür.

Der Kriminalrat warnte aber vor Übereilung und meinte, man müsse unbedingt das okay der Ärzte abwarten. Dann kam er auf die Geschichte mit der Arbeitsgemeinschaft *Einheimische Vogelarten* zu sprechen und lobte in diesem Zusammenhang die Arbeit der SOKO *Thomashütte*. Weiter sagte er: „Lutz, ich finde es richtig, dass Sie die Leitung der weiteren Untersuchungen dieser schmutzigen Geschichte an Oberkommissarin Ohlert und ihre Abteilung Sexualdelikte übergeben haben. Die Staatsanwaltschaft ist informiert und gegen Studienrat Friedhelm Sperling ist das Ermittlungsverfahren offiziell eröffnet.

Bei der Suche nach den Schuldigen am Tod von Ayla Abakay und Jakob Weinert wurde meines Erachtens mit der Befreiung von Ben Hausmann ein Durchbruch erzielt.

Ich erwarte deshalb bald Ergebnisse."

Damit war Kommissar Waski verabschiedet und begab sich in den großen Beratungsraum, wo die Mitglieder der SOKO, außer Ali Durmaz und Ralf Kleinert, bereits vollzählig versammelt waren.

Er begrüßte seine Kollegen und eröffnete die Beratung.

Als erstes informierte er über die Befreiung von Ben Hausmann und ging dabei ausführlich auf sein Gespräch mit Frau Richter ein. Er sagte dann weiter: „Ich hoffe, dass die Falle, die wir in der Gablonzer-Straße 7 aufgestellt haben, bald zuschnappen wird. Wichtig ist aber, dass wir uns bald mit dem Enkel des Neffen von Frau Feist unterhalten können. Melanie, was hat denn das Gespräch mit ihr ergeben?"

„Leider überhaupt nichts", antwortete Kommissarin Forstmann. „Ich habe zwar rasch erfahren, wo ich Frau Feist erreichen kann, und bin auch zügig zu diesem Pflegeheim gefahren. Eine Pflegerin hat mich zu ihr geführt, aber schon vorgewarnt, dass die alte Frau dement sei und nur ab und zu einmal lichte Momente habe. So war es dann auch. Frau Feist saß an einem Tisch und spielte mit kleinen Figuren, die vor ihr lagen. Sie sah mich freundlich an und sagte: *Mein Mann wird gleich kommen.*

Ich habe Sie nach ihren Neffen und dessen Enkel gefragt, aber die Antwort lautete: *Fragen Sie meinen Mann, der wird gleich kommen.*

Diesen Satz hörte ich nach jeder meiner Fragen. Mehr konnte ich leider nicht in Erfahrung bringen. Auch die Heimleitung kannte keine Angehörigen von Frau Feist."

Lutz Waski bedankte sich und entschied: „Hier müssen wir am Ball bleiben. Dieser Enkel, von dem Frau Richter sprach, muss schnellstens ausfindig gemacht werden. Nach Aussage von Frau Richter hat Frau Feist geäußert, dass dieser Enkel der einzige Angehörige sei, der ihr geblieben ist. Vielleicht gibt es ein Testament. Frau Richter meinte auch, dass die Schwester von Herrn Feist nach ihrer Verheiratung May oder Mai hieß und in der Nähe von Gera gewohnt habe. Hoffentlich lässt sich mit diesen Angaben der junge Mann finden. Hier müssen wir die Kollegen in Gera um Hilfe bitten. Wie ihr wisst, habe ich einen guten Draht dorthin[8] und werde nachher gleich meinen alten Chef, Kriminalrat Schreiber, anrufen.

Jetzt bitte ich aber erst einmal Frau Hauptkommissarin Leitner uns zu informieren, was die Auswertung der Hinweise aus der Bevölkerung ergeben hat. Margot, Sie haben das Wort."

Diese begann: „Es sind sehr viele Hinweise eingegangen. Besonders nach den neuerlichen Radiodurchsagen und der Flugblattaktion von heute Morgen konnten wir uns vor

---

[8] Lutz Waski war lange Jahre bei der Kriminalpolizei in Gera. Siehe auch: Günter Fanghänel: Die Tote in Kabine 8032. ISBN 9783839147641

Anrufen kaum retten. Es ist alles aufgezeichnet und schon weitgehend ausgewertet worden. Die Kollegen haben eine Sisyphusarbeit bewältigt. Es waren – wie eigentlich immer in solchen Fällen – eine ganze Reihe von schon auf dem ersten Blick unsinnigen Anrufen dabei. Leute haben sich wichtigmachen wollen, sich selbst oder andere haltlos beschuldigt und so weiter.

Insgesamt hat sich aber der schon am Sonntag aufgetauchte Verdacht verdichtet, dass zwei Motorräder und ein dunkelblauer Opel-Astra eine entscheidende Rolle spielen könnten. Die Fahrzeuge sind von mehreren Personen zwischen 15:00 und 17:00 Uhr auf dem Parkplatz der THOMASHÜTTE in der Nähe der alten Scheune gesehen worden. Ein Zeuge wollte am PKW eine Offenbacher Nummer mit der Endziffer 8 erkannt haben. Eine Zeugin gab an, den Beifahrer genauer gesehen zu haben. Es sei ein junger Mann mit langen blonden Haaren gewesen. Diese Zeugin kommt nachher zu uns und wir werden versuchen, ein Phantombild zu erstellen. Zwei Kollegen suchen derzeit eifrig nach einem PKW, auf den die Angaben des Zeugen passen. Bei der Vielzahl der infrage kommenden Fahrzeuge wird das etwas Zeit in Anspruch nehmen."

Lutz Waski hatte sich gerade bei seiner Kollegin bedankt, als die Chefsekretärin des K10, Frau Schreiber, in den Raum kam und sagte: „Lutz, ein Anruf für Sie. Ihr Schwiegervater ist am Apparat und hat gemeint, es könnte sehr wichtig sein."

Der Kommissar verließ den Raum, kam nach wenigen Minuten zurück und sagte: „Ich habe soeben erfahren, dass bei uns im Ort die Befreiung von Ben bekannt ist. Nachbarn hatten wohl gesehen, wie wir mit dem Jungen zu dessen Eltern kamen und wie er dann mit seiner Mutter im Krankenwagen davongefahren ist. Man hat daraufhin Uwe Hausmann direkt angesprochen und der konnte schlecht lügen. In einem so kleinen Ort wie Eppertshausen hat sich dann die gute Nachricht wie ein Lauffeuer verbreitet.
Damit können wir die Sache mit der Falle vergessen. Wir werden unsere Leute abziehen und die Spusi in die Gablonzer-Str. 7 schicken. Wie ich Daniel und seine Leute kenne, werden sie dort alles gründlich unter die Lupe nehmen. Uns bleiben vorerst vier Ansätze:

1. Margot Leitner wird mit allen Leuten, die bisher unter ihrer Leitung gearbeitet haben, die Spuren Motorradfahrer und PKW-Astra verfolgen,

2. Ich werde gleich mit Gera sprechen und unsere Bitte äußern. Dabei werde ich vereinbaren, dass Melanie Forstmann, die die Geraer Kollegen von früher kennen, den Kontakt hält;

3. Weil der gesuchte Enkel des Neffen von Frau Feist mit hoher Wahrscheinlichkeit in die Entführung von Ben Hausmann verstrickt ist, können wir annehmen, dass er sich hier in der Gegend aufhält. Kurt Kunze, Gisela Bernd und, wenn sie zurückgekommen sind, auch die Kollegen Durmaz und Kleinert sollen versuchen, in den umliegenden Gemeinden, in den Meldeämtern, aber auch in Vereinen und Kneipen und so weiter eine Spur dieses jungen Mannes zu finden.

4. Ich selbst will mich mit Ben Hausmann unterhalten. Dazu fahre ich anschließend ins Krankenhaus und hoffe, dass mir die Ärzte grünes Licht geben. Wenn nicht, werde ich das Gespräch gleich morgen früh führen.

Gibt es irgendwelche Einwände oder Fragen?"

Dies war nicht der Fall und Kommissar Waski beendete die Beratung.

Zusammen mit Melanie Forstmann ging er in das gemeinsame Arbeitszimmer und rief

Kriminalrat Günter Schreiber in Gera an. Lutz hatte Glück und erreichte diesen auf Anhieb. Sein ehemaliger Chef sagte:

„Schön, dass du anrufst. Wir haben ja lange nichts voneinander gehört. Wie geht es meinem Patensohn Tobi? Es wird Zeit, dass wir uns wieder einmal treffen."

Lutz antwortete: „Da hast du recht. Tobi, der sich prächtig macht, fragt auch ab und zu mal nach dir. Dass sich deine ehemalige Sekretärin über ein Treffen freuen würde, muss ich nicht extra betonen. Aber jetzt habe ich ein Anliegen. Wir suchen eine Person, bei der eine Spur zu Euch in den Raum Gera führt. Da bitten wir um Eure Hilfe."

Lutz schilderte den Fall und sagte, der Gesuchte sei der Enkel eines Mannes, der so um 1945 geboren sein dürfte. Dessen Mutter, eine geborene Feist, stammte aus Eppertshausen und habe May oder Mai geheißen. Diese und ihr Sohn seien tot. Der habe eine Tochter gehabt, die ebenfalls nicht mehr leben würde. Aber deren Sohn, der jetzt etwa siebzehn oder achtzehn Jahre alt sein müsste, wird gesucht.

Lutz erhielt die Zusage, dass die Thüringer Kollegen sich umgehend dieser Sache annehmen würden und beendete das Gespräch mit den Worten: Du Günter, ich muss jetzt Schluss manchen, weil ich ins Krankenhaus zu dem entführten Jungen will. Bitte halte den Kontakt über Kollegin Forstmann, die Du ja auch kennst[9]. Wir reden ein andermal ausführlich."

Damit legte er auf, verabschiedete sich von Kommissarin Forstmann und begab sich zu seinem Auto, um ins Krankenhaus zu fahren.

---

[9] Siehe: Günter Fanghänel: Die Tote im Abteiwald. ISBN 9783739249032

24.

Hauptkommissar Lutz Waski war im Krankenhaus angekommen und unterhielt sich mit dem Stationsarzt. Dieser meinte, dass Ben Hausmann noch rechtzeitig gefunden worden war. Bei der gründlichen Untersuchung seien zwar keine äußerlichen Verletzungen festgestellt worden, aber im Blut habe man eine hohe Konzentration von Diazepam festgestellt. Der Junge hätte dieses aber verkraftet und zur Stabilisierung des Kreislaufes habe man ihn an einen Tropf gehängt. Gegen ein Gespräch zwischen Ben und der Polizei gab es seitens des Mediziners keine Einwände, allerdings sollte dies nicht länger als dreißig Minuten dauern. Man wolle zur Sicherheit den Jungen noch eine Nacht im Krankenhaus beobachten. Für den Abend sei auch eine ausführliche Unterhaltung mit einer Psychologin vorgesehen, alles selbstverständlich im Beisein der Mutter.

Kommissar Waski erklärte, dass er Ben schon lange kennen würde und für diesen nicht nur ein Polizeikommissar, sondern Onkel Lutz sei. Dann ging er in das Krankenzimmer und begrüßte die beiden mit: „Hallo Lydia, Hallo Ben, wie geht es euch?"

Bens Mutter fiel Lutz um den Hals und sagte: „Ich bin dir ja so dankbar, dass ihr unseren Jungen gefunden habt. Du kannst dir gar nicht vorstellen was wir durchgemacht haben."

Ben rief: „Hallo, Onkel Lutz. Ich bin voll auf dem Posten und möchte hier raus. Habt ihr die Ganoven erwischt?"

Die Antwort lautete: „Leider noch nicht. Wir brauchen unbedingt deine Mithilfe. Erzähle mir doch bitte einmal die ganze Geschichte von Anfang an."

Ben setzte sich aufrecht in sein Bett und es sprudelte nur so aus ihm heraus:

„Also, wir haben Verstecken gespielt und ich hatte ein Super-Versteck entdeckt. Die hätten mich nie gefunden. Ich war nämlich in der alten Scheune unter einem Anhänger. Auf einmal kamen vier Männer herein, einer war etwas älter. Dieser hatte eine Pistole in der Hand, die anderen drei jeder ein Gewehr. Dann schrie der mit der Pistole: *Rotte 75 stillgestanden! Wir beenden die Übung mit Sieg Germania!* Die anderen drei standen in einer Reihe und schrien auch: *Sieg Germania! Sieg Heil! Sieg Heil!*

Plötzlich ging die Tür gegenüber auf und es kam ein Mann herein, der hatte nur eine Turnhose an. Dieser rief: *Was ist hier los?*

Was soll diese Kriegsspielerei? Wo habt ihr die Waffen her?
Der Anführer ging auf ihn los, es gab wüstes Geschrei und eine heftige Prügelei.

Urplötzlich war es still und der mit der Turnhose lag am Boden. Einer bückte sich zu ihm und rief: *Rottenführer, der Mann ist tot*! Sie trugen ihn dann zur Tür und ich hörte dahinter eine Frau um Hilfe rufen.

Auf einmal war Ruhe und ich wollte so schnell wie möglich verschwinden. Da hat man mich aber entdeckt und zwei Leute haben mich festgehalten. Einer sagte: *Sei still, dann passiert dir nichts*. Dann haben sie mich gefesselt und mir die Augen verbunden. Dann wurde ich ein Auto gesetzt und in den Keller gebracht, in dem du mich gefunden hast. Sie haben dann eine Matratze, einen Stuhl und einen Eimer geholt und der Anführer sagte: *Schreien und um Hilfe rufen hat keinen Zweck. Hier kann dich keiner hören. Wenn du Glück hast, kommst du bald frei, das muss noch beraten werden.*

Dann sind sie gegangen und haben mich eingeschlossen. Es war ganz finster, die kleine Kellerluke war verdunkelt und es kam nur ein winziger Lichtschimmer herein. Ich hatte fürchterliche Angst und habe mich auf den Stuhl gesetzt und geweint.

Später kam dann einer von den Vieren und brachte mir zwei Wurstbrötchen und eine große Flasche Cola. Dabei befahl er: *Trink!* Und er sagte: *Jetzt wirst du ruhiger.*
Das habe ich gemacht und dann weiß ich nicht wieviel Zeit vergangen war, als der junge Mann wieder kam. Er brachte diesmal vier Stückchen Pizza und zwei Flaschen Cola. Geredet hat er nicht mit mir. Dann muss ich wohl eingeschlafen sein. Wach wurde ich, als du mich befreit hast."

Lutz und Bens Mutter hatten dessen Bericht mit Schaudern zur Kenntnis genommen. Lyda hatte ihren Sohn tröstend im Arm gehalten, aber in Lutz erwachte der Polizist und er fragte: „Ben, kanntest du einen der Männer?"
Ben schüttelte den Kopf.
Lutz fragte weiter: „Würdest du sie denn wiedererkennen?"
Die Antwort lautete: „Den Anführer und den, der mir das Essen gebracht hat, bestimmt. Die anderen beiden wahrscheinlich nicht."
Lutz Waski streichelte Ben über den Kopf und sagte: „Ben, du bist sehr tapfer gewesen und dein Bericht wird uns sehr helfen, deine Entführer zu fassen. Ich habe deine Aussagen mit meinem Handy aufgenommen, dann

musst du sie nicht immer wiederholen. Ben, du kannst stolz auf dich sein. Morgen früh kommst du mit deiner Mutter zu uns ins Präsidium. Da kannst du in aller Ruhe einige Bilder von Ganoven ansehen. Vielleicht sind die Entführer dabei. Wenn nicht, machen wir mit deiner Hilfe Phantombilder. Wir haben Spezialisten, die können das mit ihrem Computer. Du wirst sehen, das ist ganz spannend. Jetzt wünsche ich dir eine erholsame Nacht und denke daran: Du bist ein mutiger Junge, auf den deine Eltern und ich als Polizist sehr stolz sind."

Damit verabschiedete sich Lutz von Ben und dessen Mutter und fuhr nach Hause.

25.

Lutz Waski war zu Hause angekommen und saß im Wohnzimmer seiner Schwiegereltern. Lilo, seine Schwiegermutter, hatte ein paar Brote zurechtgemacht und ihm ein Glas Bier hingestellt. Alle, Steffi, Lilo und Werner, sahen ihn erwartungsvoll an und wollten Einzelheiten von Bens Befreiung wissen.

Zwischen zwei Bissen berichtete Lutz und sagte dann: „Ich komme gerade aus dem Krankenhaus. Ben geht es gut und ich glaube, er hat seine Entführung einigermaßen schadlos verkraftet. Er hat mir ausführlich geschildert, wie das Ganze abgelaufen ist. Zwei seiner Entführer konnte er ganz gut beschreiben. Morgen werden wir mit seiner Hilfe Phantombilder anfertigen. Zurzeit läuft eine intensive Suche nach einem Enkel des Neffen von Frau Feist, weil dieser Zugang zu dem Haus gehabt haben könnte, in dem man Ben gefangen gehalten hatte."
Werner Brenner nahm das Wort: „Mir gibt die Sache mit den Waffen zu denken. Wenn Ben richtig gehört hat, dass es um eine Übung ging, agiert hier doch wahrscheinlich eine rechtsradikale Gruppierung."

Lutz antwortete: „Ich habe meinen Chef schon angerufen. Er wird sich mit dem LKA und dem Verfassungsschutz in Verbindung setzen. Mir geht es aber in erster Linie darum, die Entführer von Ben zu fassen, die auch schuld am Tod von Ayla Abakay und Jakob Weinert sein dürften."

„Ich war vorhin übrigens bei Uwe Hausmann", nahm Werner das Gespräch wieder auf. „Er hatte gerade ausführlich mit seiner Frau und auch mit Ben telefoniert und war absolut erleichtert. Ich habe ihn überredet, dass er nachher mit zum Skat kommt. Willst du nicht auch mitkommen, in fünfzehn Minuten müssten wir los", sagte er zu seinem Schwiegersohn.
„Warum eigentlich nicht", antwortete dieser, „da komme ich mal auf andere Gedanken."

Kurz vor 19:30 Uhr betraten Werner Brenner und sein Schwiegersohn zusammen mit Bens Vater Uwe den Saal in der TAV-Gaststätte bei ANDY, in dem schon die Tische für den wöchentlichen Skatabend der *Reizenden Buben* aufgestellt waren.
Besonders Lutz wurde mit großem Hallo begrüßt und alle wollten von ihm wissen, wie die Befreiung von Ben vor sich gegangen war.

Lutz schilderte zum wiederholten Male in knappen Worten die Geschichte und sagte zum Schluss. „Ben ist zwar noch im Krankenhaus, seine Mutter ist bei ihm, aber es geht ihm recht gut. Leider haben wir die Entführer noch nicht fassen können, aber wir sind sehr zuversichtlich, dass dies bald geschehen wird. Ben konnte mir den gesamten Hergang recht genau schildern und das bringt uns ein ganzes Stück weiter. Eine ganz wichtige Frage ist auch: Wie kamen die Entführer auf und in das leerstehende Haus in der Gablonzer-Straße? Bis vor kurzem hat eine Frau Feist dort gewohnt, vielleicht kennt sie der eine oder andere von euch. Sie hatte einen Neffen und dessen Enkel suchen wir."

Nach dieser Rede setzten sich die Spieler, drei Frauen waren auch dabei, an die Tische und spielten konzentriert die neun Runden der ersten Serie. Lutz hatte etwas mehr als 800 Punkte erspielt, was in der zweiten Serie für einen Platz am Tisch 2 reichen würde.

In der Pause kam Harald, der Vorsitzende des Vereins, zu Lutz und sagte: „Du, mir ist folgendes eingefallen: Meine Tochter gehört doch zum Fan-Club des OFC, also der *Offenbacher Kickers*. Sie hat einmal erwähnt, dass es da einen Jungen gibt, der eine Uroma hier in Eppertshausen habe. Ich habe jetzt hier zu tun, aber du kannst doch Linda kurz anrufen, hier habe ich ihre Handynummer."

Kommissar Waski rief Linda, die er gut kannte, an und schilderte sein Anliegen. Er erfuhr, dass zum Fan-Club tatsächlich ein Junge gehöre, der erzählt habe, er hätte eine Uroma hier im Ort. Der Junge würde Mika May heißen.

Lutz bedankte sich und ging wieder in den Saal, wo die zweite Serie beginnen sollte. Er erklärte Harald und seinem Schwiegervater, dass er sofort ins Präsidium fahren müsse, weil er auf eine heiße Spur gestoßen sei.

Der Vorsitzende meinte, da würden eben am Tisch 2 nur drei Mann spielen und wünschte viel Erfolg. Werner erklärte: „Nimm du das Auto, ich fahre mit Uwe nach Hause."

Lutz rief noch seine Kollegin Forstmann an, die Bereitschaftsdienst hatte, verabredete sich mit ihr in der Dienststelle und bat, schon einmal alles herauszusuchen, was über die Fan-Clubs des OFC bekannt sei. Er meinte, da gäbe es sicher mehr als einen.

Dann fuhr er los.

26.

Dienstag, 14. September, 22:00 Uhr

Lutz Waski kam im Präsidium an und begrüßte seine Kollegin Forstmann, die an ihrem Schreibtisch saß.

„Ich habe bereits im Internet recherchiert", sagte sie. „Dort steht, dass die OFFENBACHER KICKERS derzeit 124 offizielle Fanclubs mit mehr als 2.800 Mitgliedern haben. Da wird es nicht leicht, einen Mika May zu finden.

Aber vielleicht geht das auch einfacher. Kurz bevor Sie kamen, hat Hauptkommissarin Susi Feigel aus Gera angerufen. Die Kollegen sind im Einwohnermeldeamt und vor allem beim Jugendamt fündig geworden. Sie wollte uns gleich eine E-Mail mit den Ergebnissen auf meinen PC schicken."

Melanie öffnete den Posteingang ihres Computers und die beiden Kommissare lasen, was die Geraer Kollegin geschrieben hatten. Da stand:

Die wichtigsten Daten:

Frieda May geb. Feist; 1928 - 2008; hat 1949 nach Bad Köstritz geheiratet; ihr Mann war Braumeister;

Sohn Manfred May; 1951 - 2016; Bauzeichner beim Bauamt Gera; verh. Ehefrau Petra May, gest. 2016;

Anna May; Tochter von Manfred und Petra May 1987 – 2006; gestorben an einer Überdosis Heroin;
Mika May; Sohn von Anna May; geb. 2004.

Nach dem Tod seiner Mutter lebte Mika bei seinen Großeltern in Bad Köstritz. Nach deren Tod im Jahr 2016 ordnete das Jugendamt eine Heimeinweisung an. Der Antrag des Ehepaares Feist aus Epperts-hausen, die den Enkel ihres Neffen aufneh-men wollten, wurde wegen des zu hohen Alters der Antragsteller abgelehnt. Herr Feist, der vor seiner Pensionierung eine leitende Stelle in der Kreisverwaltung Die-burg innehatte, hat aber durchgesetzt, dass Mika May in das Heim der CARITAS nach Dieburg kam.

„Da haben die Geraer Kollegen sehr gute Ar-beit geleistet," sagte Kommissar Waski. „Ich werde morgen gleich anrufen und unseren Dank übermitteln. Jetzt werde ich aber zu diesem CARITAS-Heim fahren und versu-chen, diesen Mika May vorläufig festzuneh-men. Hoffentlich ist er da.
Sie, Melanie, haben ja Bereitschaft. Da ist es besser, wenn Sie hier vor Ort bleiben. Aber es wäre schön, wenn Sie die E-Mail beant-worten und ankündigen würden, dass wir uns morgen telefonisch melden."
Lutz verabschiedete sich und fuhr los.

Kurz vor 23:00 Uhr hielt Hauptkommissar Waski in Dieburg vor dem ansehnlichen Gebäude, in dem das von der CARITAS geführte Erziehungsheim untergebracht war.

Er stieg aus, ging zum Haupteingang und betätigte die Klingel. Ein Summer ertönte, die Tür ließ sich öffnen und Lutz Waski trat ein. Ein älterer Herr in Freizeitkleidung kam auf ihn zu und sagte: „Sie kommen sehr spät, darf ich fragen, was Sie zu uns führt?"

Der Kommissar wies sich aus und erklärte, dass er dringend mit Mika May sprechen müsse. „Er wohnt doch hier im Heim?" fragte er.

„Das ist richtig," lautete die Antwort. „Mika gehört zu uns und hat hier sein eigenes Zimmer. Aber können Sie mir nicht sagen, was Sie von ihm wollen?"

Lutz Waski entgegnete: „Sie haben sicher von der Geschichte bei der THOMASHÜTTE gehört. In diesem Zusammenhang müssen wir mit Mika May sprechen – und zwar sofort."

Ziemlich mürrisch erwiderte sein Gesprächspartner: „Na, dann kommen Sie mit, ich bringe Sie zu seinem Zimmer."

Unterwegs kam folgende Erklärung: „Mein Name ist Horst Meixner, ich bin hier der stellvertretende Leiter und kenne Mika, seit er bei uns ist. Das dürften jetzt fast sieben

Jahre sein. Wissen Sie, der Junge hatte es nicht leicht. Er kommt ursprünglich aus Thüringen und ...." – Er wurde vom Kommissar unterbrochen: „Herr Meixner, wir kennen die Geschichte von Mika. Wir wissen, dass seine Mutter mit 19 Jahren an einer Überdosis Heroin gestorben ist und der damals zweijährige Junge bei seinen Großeltern aufwuchs, bis beide 2016 starben. Seine einzige Verwandte ist eine Frau Feist in Eppertshausen, die jetzt aber in einem Pflegeheim ist."

„Was Sie aber nicht wissen", lautete die Antwort, „Mika hat das Ganze recht gut verkraftet. Er hat sich bei uns wohlgefühlt und vergangenes Jahr die Realschule mit guten Zeugnissen abgeschlossen. Jetzt macht er eine Lehre auf dem Bau, weil er wie sein Großvater Bauzeichner werden will."

Unterdessen waren die beiden Männer vor Mika's Zimmer angekommen. Es war verschlossen. Herr Meixner öffnete die Tür mit seinem Generalschlüssel und beide traten ein. Das Zimmer war leer, das Bett unbenutzt und nichts deutete auf eine kürzlichen Anwesenheit von Mika hin.

„Haben Sie eine Idee, wo ich Mika finden könnte?", fragte Lutz Waski.

„Leider nein", lautete die Antwort. „In unserer Hausordnung ist zwar vorgesehen, dass sich die Bewohner im Allgemeinen ab

22:00 Uhr in ihren Zimmern aufhalten sollen, aber wir sind hier kein Gefängnis. Abhängig vom Alter des Einzelnen gibt es da unterschiedliche Freiheiten. Mika wird im kommenden Jahr volljährig, dann kann er sowieso nicht mehr hier wohnen. Wenn er also jetzt einmal eine Nacht nicht heimkommt, ist das auch kein Problem."
Kommissar Waski wollte sich dann noch in Mika's Zimmer etwas genauer umsehen, dies wurde ihm aber von Herrn Meixner verwehrt, da weder ein Durchsuchungsbeschluss vorläge noch von Gefahr im Verzug die Rede sein könne.

Etwas verärgert verabschiedete sich Lutz Waski. Er übergab seine Visitenkarte und verlangte, man möge Mika May ausrichten, dass er sich umgehend bei der Kriminalpolizei melden soll.

Vom Auto aus telefonierte Lutz noch mit seiner Kollegin Forstmann. Man kam überein, mit der Fahndung nach Mika May noch zu warten und wünschte sich gegenseitig eine gute Nacht.

27.

Mittwoch, 15. September, 9:00 Uhr

Im Beratungsraum des Kommissariats K10 der RKI Darmstadt waren alle Mitglieder der SOKO *Thomashütte* versammelt.

Hauptkommissar Lutz Waski hatte bereits den Leiter des K10, Kriminalrat Haase, ausführlich informiert und fasste nun für seine Kollegen den Stand der bisherigen Ermittlungen zusammen. Er berichtete über sein Gespräch mit Ben Hausmann und ging dann besonders auf seinen gestrigen Besuch im Heim der Caritas Dieburg am späten Abend ein und meinte: „Ich denke, derzeit ist Mika May unser wichtigster Mann. Wenn er sich nicht im Laufe des heutigen Vormittags meldet, werden wir ihn zur Fahndung ausschreiben."

Es klopfte und Frau Schreiber, die Sekretärin des K10, brachte Lydia Hausmann mit ihrem Sohn in den Besprechungsraum.

„Guten Morgen Lydia, Hallo Ben", begrüßte Lutz Waski die Ankömmlinge. „Hast du gut geschlafen?", wollte er von Ben wissen.

„Ich habe in der letzten Zeit ja immer viel geschlafen", antwortete der Junge, „Und vergangene Nacht mit Mama an der Seite

war es sehr gut. Aber auf zuhause und auf Papa freue ich mich schon sehr.
Sag mal, Onkel Lutz, sind das alles hier Polizisten und haben die auch alle Pistolen? Kann ich die mal sehen?"

Der so Angesprochene antwortete: „Ja, das sind alles Kollegen von mir und wir haben auch jeder eine Waffe, sind aber froh, wenn wir diese nicht benutzen müssen. Ich zeige dir nachher gern einmal meine Pistole. Jetzt wollen aber alle wissen, wie deine Entführung vor sich ging. Ben, ich habe – wie du weißt – unser gestriges Gespräch aufgenommen. Wenn es dir recht ist, werde ich diese Aufzeichnung jetzt vorspielen und du sagst im Anschluss, ob noch etwas zu ergänzen ist."
Ben nickte und Kommissar Waski startete die Aufzeichnung. Er hatte diese bereits von seinem Handy überspielt und so waren Bens Worte über die Lautsprecher im Raum gut zu verstehen.

Lutz Waski war gerade dabei, Ben zu erklären, wie die Sache mit den Phantombildern laufen solle, als Frau Schreiber erneut den Beratungsraum betrat.
„Kollegen, es gibt Neuigkeiten", sagte sie. „Eben hat Kommissar Krause von der Polizeistation Dieburg angerufen und gesagt,

dass sich ein Mika May bei ihnen gemeldet habe. Er hätte gesagt, dass er mit der Entführung des Jungen von der THOMASHÜTTE zu tun habe und sich stellen wolle. Sie wollen Mika May unverzüglich zu uns bringen."

„Na, das ist ja mal eine gute Nachricht", bedankte sich Lutz. Und an Ben gewandt, redete er weiter: „Wenn der Festgenommene hier ist, kannst du ihn ansehen und uns sagen, ob du ihn erkennst
Bei dem Phantombild beginnen wir erst einmal mit dem Anführer, den du doch auch beschreiben konntest.
Kommissarin Forstmann wird dich jetzt zusammen mit deiner Mutter zu unserer Kriminaltechnik bringen. Du wirst sehen, so ein Phantombild anzufertigen, ist ganz schön interessant."
Damit verabschiedete er sich von Lydia und Ben. Diese gingen mit Melanie Forstmann los und alle anderen legten eine Pause ein.
Kurz bevor Ben den Raum verließ, drehte er sich um und rief: „Aber Onkel Lutz, du wolltest mir doch deine Pistole zeigen!"
Dieser antwortete: „Ja Ben, das habe ich nicht vergessen. Spätestens wenn ich euch heute Abend besuche, machen wir das."

Kommissarin Forstmann, Ben und seine Mutter waren in den Räumen der Kriminaltechnik angekommen. Vor einem großen Bildschirm saßen Hauptkommissarin Leitner und die Zeugin, die den Beifahrer des blauen Opel bei der Thomashütte gesehen hatte. Die Kriminaltechnikerin hatte fleißig mit einer Computermaus hantiert und nach den Angaben der Zeugin war ein fast fertiges Phantombild auf dem Monitor zu sehen. Ben sah sich dieses an und rief überrascht: „Das ist der Mann, der mir das Essen und die Cola gebracht hat!"

Die Kriminalbeamten nahmen dies überrascht zur Kenntnis.

Kommissarin Leitner bedankte sich bei der Zeugin und sagte: „Sie haben uns sehr geholfen. Da der Junge, den man entführt hatte, diesen Mann auch erkannt, werden wir ihn sicher bald verhaften können. Ich bringe Sie noch zum Ausgang. Ein Streifenwagen wird Sie nach Hause fahren."

Die Frau am Computer wandte sich Ben zu: „Wenn ich richtig informiert bin, hast du auch einen zweiten Mann genauer gesehen. Wollen wir versuchen, auch von ihm ein Phantombild zu zeichnen?"

Ben nickte und beide machten sich ans Werk.

Als erstes erschienen auf dem Bildschirm verschiedene Kopfformen und Ben wählte aus. Dann fügte die Kriminaltechnikerin Augen und Nase hinzu. Auch hier standen die unterschiedlichsten Formen und Größen zur Auswahl. Mit Ohren und Haaren wurde weiter experimentiert.

Nach zahlreichen Versuchen entstand schließlich ein Bild, von dem Ben meinte, dass der Anführer der Bande so ähnlich aussah.

Ben hatte das Ganze sehr spannend gefunden und gemeint, dass er später auch Kriminalkommissar werden wolle.

Lutz Waski kam in den Raum: „Hallo Ben, ich wollte gerade einmal schauen, wie weit ihr seid. Ich sehe, ihr habt schon ein fertiges Phantombild. Das hast du aber gut gemacht. Wir werden deine Mama und dich gleich nach Hause fahren lassen. Ich bitte dich aber erst noch einen Mann anzusehen, den wir festgenommen haben.“

Lydia und Ben Hausmann verließen die Räume der Kriminaltechnik zusammen mit Kommissar Waski und gingen zu dessen Büro.

Hier saß bereits Mika May, den man von Dieburg überstellt hatte. Kaum dass dieser Ben ansichtig wurde, sprang er auf und sagte: „Hallo Ben, ich hoffe, dir geht es gut. Es tut mir sehr leid, was wir mit dir gemacht haben. Ich habe zwar dafür gesorgt, dass dir nichts Schlimmeres passiert ist, aber das Ganze war eine riesengroße Dummheit von uns. Vielleicht kannst du uns verzeihen, ich bitte dich darum.“

Ben hatte sich in die Arme seiner Mutter geflüchtet und war nicht in der Lage, irgendetwas zu sagen.

Lutz Waski begleitete Ben und seine Mutter nach draußen und sagte dann zu dem Jungen: „Einen deiner Entführer haben wir und die anderen drei werden wir auch bald erwischen. Dann werden alle vor Gericht gestellt und bestraft.

Deine Mithilfe war sehr wichtig für uns, herzlichen Dank dafür. Ein Polizeiauto wird jetzt Mama und dich nach Hause bringen. Dann kannst du Papa ausführlich berichten und wenn du in paar Tagen wieder in die Schule gehst, wirst du dort viel zu erzählen haben und richtig im Mittelpunkt stehen.

Ich komme heute Abend bei euch vorbei, dann kann ich hoffentlich sagen, dass auch die anderen drei Täter hinter Schloss und Riegel sitzen. Tschüs Ben – Tschüs Lydia.“

28.

Hauptkommissar Waski hatte sich mit Mika May in das kleine Vernehmungszimmer begeben, diesen über seine Rechte belehrt und darauf aufmerksam gemacht, dass die folgende Vernehmung in Bild und Ton aufgezeichnet wird. Dann stellte er Kommissarin Bernd vor, die an der Vernehmung teilnehmen würde, und sagte: „Herr May, ich finde es gut, dass Sie freiwillig zu uns gekommen sind. Herr Meixner hat Ihnen sicher gesagt, dass ich Sie schon in der vergangenen Nacht dringend sprechen wollte. Sie können sich denken, warum."

Die Antwort war erstaunlich:

„Ich habe Herrn Meixner seit gestern früh nicht mehr gesprochen. In der vergangenen Nacht war ich bei meiner Freundin und habe ihr die ganze Geschichte mit Bens Entführung erzählt. Sie hat mir dringend geraten, mich der Polizei zu stellen. Sie meinte, mein Anruf gestern früh, in dem ich Bens Versteck verraten hatte, würde sicher entlastend für mich gewertet werden. So habe ich mich gleich heute früh bei der Polizei in Dieburg gemeldet."

208

Lutz Waski antwortete: „Mika, ich habe mir schon gedacht, dass Sie der Anrufer gestern Vormittag waren. Das wird natürlich noch überprüft. Wenn es stimmt, wird dies und auch die Tatsache, dass Sie sich heute freiwillig gestellt haben, sicher zu Ihren Gunsten gewertet werden. Nun aber erzählen Sie bitte ausführlich, wie Sie in die ganze Geschichte geraten sind."

Mika May, offensichtlich froh, sich eine Last von der Seele reden zu können, schilderte ausführlich seine Kindheit bei den Großeltern in Thüringen und betonte, dass er deren Verlust nur schwer habe überwinden können, zumal er weder Mutter noch Vater kennengelernt habe. Er ging auf den Umzug in das Heim in Dieburg ein und bedauerte, dass er nicht bei *Oma* und *Opa* Feist in Eppertshausen habe wohnen dürfen. Im Heim habe es ihm aber gefallen, die Schule hätte Spaß gemacht und die Lehre als Bauarbeiter, die er derzeit mache, passe gut in seine beruflichen Pläne.
Die beiden Beamten ließen den Jungen reden, obwohl sie das meiste schon kannten. Sie wollten seine Version hören und vor allen Dingen ein Vertrauensverhältnis aufbauen, indem sie aufmerksam zuhörten.

Unaufgefordert redete Mika weiter: „Bei der Arbeit und in der Berufsschule habe ich dann Kevin Kasdorf und Lasse Pohl kennengelernt und wir drei wurden gute Freunde. Kevin erlernt wie ich das Bauhandwerk und Lasse will Elektriker werden. Gemeinsam haben wir viel Freizeit verbracht und sind dann zu dem Fan-Club der Offenbacher Kickers gestoßen. Dieser hat den Namen *OFC-29. August* und erinnert damit an den Pokalsieg von 1970.

In der vergangenen Saison konnten wir wegen CORONA leider nicht ins Stadion, in dieser Spielzeit muss der OFC aber aufsteigen. Eigentlich gehört er in die 2. Liga. Wir haben aber an den Spieltagen immer zusammen Radio gehört. Dabei haben wir uns auch mit Timo Winter angefreundet. Der ist älter als wir und hat gemeint, dass der Fan-Club mit seinen vielen Ausländern nicht das richtige Betätigungsfeld für uns sei. Als deutsche Jungen müssten wir doch etwas für die Zukunft unseres Landes tun und nicht zusehen, wie es zunehmend von Ausländern und internationalen Profitmachern beherrscht würde. In der Folgezeit haben wir uns öfter, auch bei Tim zuhause getroffen. Dort war auch sein Vater. Dieser hat spannend erzählt von der deutschen Geschichte. Von den germanischen Stämmen und von dem Reich, das Otto der Erste im Jahr 955 nach dem Sieg über die Magyaren in der Schlacht auf dem Lechfeld gegründet hatte.

Er erzählte von dem Großdeutschen Reich, das 1938 so mächtig war, dass die halbe Welt vor ihm gezittert habe. Deutschland habe zwar 1945 den Krieg verloren, aber das Deutsche Reich würde immer noch bestehen. Tims Vater sagte, dass er Bürger dieses Reiches ist und die jetzige Regierung nicht anerkennt. Man müsse etwas tun, um die Würde des deutschen Volkes wieder herzustellen und die Germanen endlich in ihre angestammten Rechte einzusetzen. Ausländer hätten in unserer Heimat nichts zu suchen.

Unter Tims Führung haben wir dann die Rotte 75 gegründet. Der 7. und der 5. Buchstabe, G und E, stehen für *Germanen Eppertshausen*.

Außer Kevin, Lasse und mir haben noch ein paar Jungen dazugehört. Wir haben gemeinsam die deutsche Geschichte kennengelernt und uns sportlich sowie militärisch in Form gebracht.

Am vergangenen Sonntag haben wir erstmals mit echten Waffen geschossen. Früh sind wir zur THOMASHÜTTE gefahren. Tim hatte mich in seinem Auto, einen Opel, mitgenommen Die anderen kamen mit ihren Motorrädern. In einer Scheune befanden sich Waffen und Munition. Diese waren in einer alten Kiste versteckt. Es waren eine Pistole und drei Maschinenpistolen sowie mehrere Magazine und einige Schachteln mit Patronen. Tim hatte gemeint, dass es mehrere solcher Waffenlager gäbe, weil man für den Fall einer Durchsuchung nicht alles daheim aufbewahren könne.

Wir haben dann im Wald, in der Nähe des *Aje-Sees* geübt und am Ende die Waffen gereinigt. Als wir diese dann in das Versteck bei der THOMASHÜTTE zurückbringen wollten, kam es zur Katastrophe."

Mika May schilderte weiter wie Tim, der sich gern als Rottenführer aufspielte, in der alten Scheune mit lauten Kommandos die Übung beendet hätte und wie dann plötzlich ein fremder Kerl in der Tür stand. Es habe ein lautes Geschrei und wüstes Geschimpfe gegeben. Dann sei man handgreiflich geworden und der Streit sei zu einer üblen Prügelei eskaliert. Plötzlich war Ruhe. Der Fremde habe auf dem Boden gelegen und Tim und Lasse hätten diesen dann in den Nebenraum getragen. Daraufhin habe dort eine Frau fürchterlich geschrien. Dann war Ruhe.

Später habe Tim erklärt, dass der fremde Mann bei der Prügelei getötet worden war und dass die Frau, die so geschrien hatte, auch tot sei. Er habe sie nur an den Hals gefasst, damit sie nicht weiter schreien konnte. Dabei sei sie plötzlich tot zusammengesackt.

Sie hätten dann die beiden Toten auf die Matratze gelegt und wollten schleunigst verschwinden.

„Ich habe das Ganze nur mit Abstand gesehen," setzte Mika seinen Bericht fort, „weil ich auf der gegenüberliegenden Seite stand. Da tauchte unter einem alten Anhänger, der dort stand, ein kleiner Junge auf und wollte zur Tür hinaus. Das war Ben. Ich habe ihn gepackt und den Mund zugehalten. Dann kam Tim und sagte: *Der hat alles gesehen, den können wir nicht laufen lassen.* Wir haben beratschlagt, was werden soll. Da kam mir die Idee mit dem Versteck im Haus von Oma Feist. Ich wusste, dass sie im Heim war und hatte den Schlüssel. Tim und ich haben dann Ben in den Keller gesperrt. Von oben hatten wir noch eine Matratze, einen Stuhl und einen Eimer geholt. Danach sind wir verschwunden. Wir haben immer den Hintereingang zum Wald benutzt. Noch am Sonntag und auch am Montag habe ich Ben etwas zum Essen und Cola gebracht. Bei

Oma hatte ich Schlaftabletten gefunden, davon habe ich ziemlich viele in die Cola getan.

Am Montag haben wir mit Tim beraten, wie es weitergehen soll. Dabei sagte der Rottenführer: *Wenn es nicht ein deutscher Junge wäre, könnte man den Zeugen beseitigen. Morgen kommt mein Vater zurück, wir warten ab, wie der entscheidet.*

Ich hatte Angst, dass man Ben etwas antun könnte, und habe am Dienstag früh die Polizei angerufen. Den Rest wissen Sie."

Kommissar Waski bedankte sich für die ausführliche Schilderung und wollte die Adressen der drei Mittäter wissen.

Mika May meinte, dass Kevin Kasdorf und Lasse Pohl am heutigem Mittwoch sicher bis 15:00 Uhr in der Berufsschule sein würden, gab aber auch bereitwillig deren Anschriften zu Protokoll. Von Tim Winter wusste er nur, dass dieser arbeitslos und Harz IV Empfänger sei und bei seinem Vater wohne. Dieser habe ein Haus am Ortsrand von Hergershausen. Da sie dort schon öfters gewesen waren, konnte er dessen Lage recht gut beschreiben.

Zum Abschluss erklärte Lutz Waski: „Mika, Sie haben gut zur Aufklärung des Falles beigetragen. Sie werden aber verstehen, dass wir Sie hierbehalten müssen. Wir werden

Ihnen noch das Protokoll dieser Vernehmung zur Unterschrift vorlegen und Sie dann einem Haftrichter vorführen. Dieser wird sicher Untersuchungshaft anordnen. Vorher müssen Sie noch erkennungsdienstlich behandelt werden, damit wir Ihre DNA und Fingerabdrücke mit dem vorhandenen Spuren abgleichen können. Es wird mit Sicherheit ein Gerichtsverfahren geben. Dabei hoffe ich, dass Sie als Jugendlicher und in Anbetracht Ihrer aktiven Mitarbeit bei unseren Ermittlungen glimpflich davonkommen.

Mika May wurde abgeführt und Kommissar Waski ordnete an, dass Tim Winter, Kevin Kasdorf und Lasse Pohl unverzüglich festzunehmen sind. Die Kommissarinnen Forstmann und Bernd sollten in die Berufsschule nach Dieburg fahren, er selbst wollte sich mit Ralf Kleinert nach Hergershausen begeben. In jedem der Fälle solle ein Einsatzteam des RKI mitfahren.

Zuvor wolle er den Chef, Kriminalrat Haase, ausführlich informieren.

29.

Im Büro des Leiters des Kommissariats K10 saßen sich Kriminalrat Torsten Haase und Hauptkommissar Lutz Waski an einem kleinen Tisch gegenüber. Der Chef mochte es nicht sonderlich, hinter seinem Schreibtisch zu thronen und seinen Gesprächspartner vor sich auf den Besucherstuhl sitzen zu lassen. Jeder der beiden Kriminalisten hatten einen Pot Kaffee vor sich stehen und Kommissar Waski begann seinen Bericht:

„Der Fall THOMASHÜTTE ist aufgeklärt. Wir kennen die Namen der vier Männer, die den Tod von Ayla Abakay und Jakob Weinert verursacht und Ben Hausmann entführt haben.

Mika May hat sich heute früh gestellt, über das Ergebnis seiner Befragung habe ich schon informiert.

Kevin Kasdorf und Lasse Pohl konnten vor wenigen Stunden in der Berufsschule problemlos festgenommen werden. Keiner der beiden ist bisher polizeilich in Erscheinung getreten. Beide sind 19 Jahre alt und Lehrlinge im zweiten Lehrjahr. Sie wurden getrennt befragt. Ihre Angaben zu den Geschehnissen am Sonntagnachmittag sind nahezu identisch mit dem, was Mika May

216

ausgesagt hat. Alle Vernehmungsprotokolle liegen vor.

Danach müssen wir davon ausgehen, dass alle drei im Begriff waren, Mitglieder einer terroristischen Gruppe zu werden, deren Anführer Tim Winter war. Hinter diesem sogenannten *Rottenführer* steht offensichtlich der Vater, der als sogenannter *Reichsbürger* verfassungsfeindliche Ziele verfolgt, mit hoher Wahrscheinlichkeit nicht allein. An dieser Stelle endet – so denke ich – unsere Kompetenz und LKA und Verfassungsschutz kommen ins Spiel. Sie hatten diese Institutionen ja bereits informiert. Jedenfalls sind diese schon aktiv.

Ralf Kleinert und ich waren vorhin in Hergershausen vor dem Haus, in dem Tim Winter und sein Vater wohnen. Wir wollten Tim festnehmen, der nach bisherigen Erkenntnissen der Hauptschuldige am Tod der beiden jungen Leute und bei der Entführung von Ben ist.

Auf unser Klingeln meldete sich über die Sprechanlage ein Mann, offenbar der Vater und sagte, wir befänden uns auf einem Territorium des Deutschen Reiches und die Polizei der sogenannten Bundesrepublik hätte hier nichts zu suchen. Wir sollen verschwinden, sonst würde geschossen. Am Fenster zeigte sich ein junger Mann, der nach dem Phantombild von Ben Hausmann Tim Winter war, mit einem Gewehr in der Hand und schoss in die Luft.

Inzwischen sind ein SEK und Vertreter des LKA vor Ort. Ein Hauptkommissar Schmidt hat sich bei mir vorgestellt, arrogant wie die Leute vom LKA meist sind, und hat gesagt, dass sie nun den Fall übernehmen würden. Gegebenenfalls würde er das Haus vom SEK stürmen lassen.

Ich habe verlangt, dass uns Tim Winter überstellt wird, weil er der Hauptverdächtige im Fall des Todes zweier junger Leute sowie der Entführung eines kleinen Jungen ist. Die Antwort lautete: *Das werden unsere Chefs entscheiden.*

Nach dieser Auskunft sind wir zurückgefahren und haben die weiteren Dinge dem LKA überlassen."

Kriminalrat Haase hatte aufmerksam zugehört und sagte: „Lutz, Sie haben völlig richtig gehandelt. Ich beglückwünsche Sie zur schnellen Aufklärung des Falles THOMAS-HÜTTE. Wir werden nachher ein letztes Mal alle Mitglieder der SOKO zusammenrufen und ich werde mich bei allen bedanken und die SOKO auflösen.

Für Mika May, Kevin Kasdorf und Lasse Pohl wird sicher Untersuchungshaft angeordnet werden. Bezüglich des Tim Winter werde ich mich mit dem LKA ins Benehmen setzen. Das Mindeste, was man uns zugestehen muss, ist, dass Sie ihn zu den Vorkommnissen bei der THOMASHÜTTE vernehmen können

Bevor wir jetzt die Mitglieder der SOKO *Thomashütte* treffen – Frau Schreiber hat diese inzwischen zusammengerufen – möchte ich Ihnen noch sagen, dass ich mit Ihrer Arbeit sehr zufrieden bin."

30.

Epilog

Der 25. September war ein goldener Herbsttag. Im Garten der Familie Brenner saßen an einer langen Kaffeetafel die Gastgeber, Werner und Lilo sowie ihre Tochter Steffi mit ihrem Mann, Kommissar Lutz Waski. Vom RKI Darmstadt waren Melanie Forstmann, Gisela Bernd und Ralf Kleinert sowie. der Chef des K10, Kriminalrat Torsten Haase, anwesend. Aus Gera war Kriminalrat Günter Schreiber gekommen. Lydia und Uwe Hausmann mir ihrem Sohn Ben vervollständigten die Runde.

Die Gäste hatten Werner Brenner nachträglich zu seinem 74. Geburtstag gratuliert, den er vor wenigen Tagen gefeiert hatte. Stolz zeigte er die vielen Glückwunschkarten von ehemaligen Kollegen, dem Gemeindevorstand und zahlreichen Vereinen, deren Mitglied er ist. Sehr schön fand man die Karte der *Seniorenhilfe*[10], die – wie bei diesem Verein üblich – speziell angefertigt wurde.

Dann wurde der Kaffee eingeschenkt und man sprach dem selbstgebackenen Kuchen zu. Die Unterhaltung drehte sich natürlich

---

[10]Siehe auch: Günter Fanghänel: Die Tote im Abteiwald, S.8

zuerst um die Vorfälle bei der THOMAS-HÜTTE vom 12. September. Alle waren froh, dass Ben, der mit dem acht Jahre jüngeren Sohn der Waskis im Garten spielte, seine Entführung ganz offensichtlich gut verkraftet hatte.

Dann berichtete Kriminalrat Haase, dass die juristische Aufarbeitung der Angelegenheit in vollem Gange sei. Im Einzelnen konnte er mitteilen:

Das Verfahren gegen Mika May wurde abgetrennt und wird vor der Jugendstrafkammer geführt werden. Hier wird sicher strafmildernd berücksichtigt, dass er durch seinen Anruf entscheidend zum Auffinden des entführten Jungens beigetragen hatte. Auch dass er sich freiwillig gestellt und aktiv zur Aufklärung beigetragen hatte, dürfte sich positiv für ihn auswirken. Mika May befindet sich auf freiem Fuß, da weder Flucht- noch Verdunklungsgefahr bestehen.

Anders sieht es mit den übrigen Tätern aus.

Kevin Kasdorf und Lasse Pohl waren zwar in vollem Umfang geständig, aber angesichts der zu erwartenden Strafen wurde Untersuchungshaft bis zu Verhandlung angeordnet.

Der Kriminalrat redete weiter: „Die meisten von uns wissen, dass Tim Winter und sein

Vater noch am Abend des 15. September verhaftet werden konnten.

Nach anfänglichem Widerstand hatten sie eingesehen, dass es keine Chance auf ein Entkommen gab, weil ihr Haus vom SEK umstellt war. Bei der anschließenden Durchsuchung wurden zahlreiche Waffen sowie erhebliche Bestände an Munition und Sprengstoff sowie Propagandamaterial gefunden.

Der Vater von Tim Winter und weitere sogenannte *Reichsbürger* sitzen in Untersuchungshaft. Gegen sie laufen derzeit noch weitere Ermittlungen.

Auch Tim Winter befindet sich in Haft. Lutz und auch ich haben ihn mehrfach verhört. Trotz der erdrückenden Beweislage durch die Aussagen seiner Mittäter sowie durch Fingerabdrücke und DNA-Spuren, sowohl in der Scheune als auch im Keller, in dem Ben Hausmann gefangen gehalten worden war, hat er sich nicht zum Tathergang geäußert. Er beharrte auf seiner Meinung, dass für ihn als *Reichsbürger* weder die Polizei noch ein Gericht der – wie er sagte – *sogenannten Bundesrepublik* zuständig sei. Ich bin gespannt, ob er diese Haltung auch während der Gerichtsverhandlung beibehält. Er wird sich ja nicht nur als Haupttäter in unserem Falls THOMASHÜTTE zu verantworten haben, sondern auch in dem – wie ich annehme – getrennten Verfahren gegen die sogenannten *Reichsbürger*."

Damit beendete Torsten Haase seine Ausführungen und es begann eine allgemeine Unterhaltung, deren Tenor Bedauern über den Tod der jungen Leute, aber auch Zufriedenheit über die rasche Befreiung von Ben und die Aufklärung des Falles war.

Dann wandten sich die Gespräche anderen Themen zu. Der mögliche Ausgang der bevorstehenden Bundestagswahl wurde rege diskutiert. Werner Brenner und Lutz Waski bereiteten den Grill vor, die Frauen deckten den Kaffeetisch ab, stellten Salate bereit und die beiden Kriminalräte aus Gera und Darmstadt kamen ins Fachsimplen.

Als alle wieder am Tisch saßen, ergriff Uwe Hausmann das Wort:
„Liebe Freunde, wie ihr euch denken könnt, haben Lydia und ich die schlimmsten Stunden unseres Lebens durchgestanden, als Ben verschwunden war. Dass dies im Zusammenhang mit dem Tod von Ayla und Jakob stand, ist schrecklich. Unser Mitgefühl gilt den Familien und Freunden der beiden.

Dafür, dass wir unseren Ben wohlbehalten zurückerhalten haben, möchten wir uns bei euch allen bedanken. Wir haben ein paar Flaschen Sekt kaltgestellt und bitten euch mit uns auf den für uns glückliche Ausgang anzustoßen. Prosit."

Alle erhoben ihre Gläser und damit fand der Fall THOMASHÜTTE sein Ende.

Für die kritische Durchsicht des Manuskriptes und für zahlreiche wertvolle Hinweise bedanke ich mich bei Dr. Dieter Taubert, Weimar.

Meiner Frau Christel danke ich besonders für das Verständnis, wenn ich viel Zeit am PC verbracht habe, sowie für die sorgfältige Korrektur des Satzmanuskriptes.

Eppertshausen im August 2021

G.F.

Vom gleichen Autor sind beim Verlag Books on Demand
(BoD) Norderstedt erschienen:

GÜNTER FANGHÄNEL

ZAUBERLEHRLINGE
UND
ZAHLEN

ISBN 978-3-8370-3827-9

Günter Fanghänel

Der Tote vom
Teufelstal

Kriminalroman

ISBN 978-3-8448-1229-9

Günter Fanghänel

Der Tote auf
Gleis 2
Kriminalroman
ISBN 978-3-7322-8498-6

Günter Fanghänel

Die Tote in
Kabine 8832
Kriminalroman

ISBN 9783839147641

Günter Fanghänel

Die Tote im Abteiwald

Ein Eppertshausen – Krimi

ISBN 9783739249032

Günter Fanghänel

Der Tote in der Dreieichbahn

Ein Eppertshausen – Krimi

ISBN 9783751996174

Günter Fanghänel

Ein makabrer Fund am Oschütztal-Viadukt und andere Kurzgeschichten

ISBN 78373576000